徳間文庫

ぜえろく武士道覚書

一閃なり 中

門田泰明

徳間書店

目次

第九章 5
第十章 59
第十一章 103
第十二章 159
第十三章 219
第十四章 259
第十五章 321

第九章

一

慶長八年にほぼ完成した徳川将軍家の「武装された京屋敷」。そう位置づけされているのが二条城であった。

銃眼のあいた石垣を持ち本格的な堀を有して城郭そのものであったが、性格としては将軍が京へ居住する、あるいは滞在する京屋敷——と言うよりは屋敷城——であった。

これと同じ性格の城郭的京屋敷が、この京に曾てもう一つあった。天正十三年朝廷より関白を与えられ豊臣姓を許された秀吉が、天正十五年に完成させた聚楽第である。それは石垣、堀、天守を有し二条城よりも更に広大であった。

この日、昼九ツ過ぎ。

松平政宗は均整のとれた長身を紺の着流しで包み、小さな菊の花を散らした白のやや幅広い帯に粟田口久国の大小刀を通して、ゆっくりと二条城東大手門に近付いていった。

唐木得兵衛の要請を受けてから二日が経っていた。

堀川通に面した東大手門は閉じられていたが、脇の潜り門が開いており、それを背にするかたちで所司代永井伊賀守尚庸が一人立っていた。配下の侍の姿は辺りには見当たらない。

東大手門の左右に、番士が二人ずつ合わせて四人が不動の姿勢で立っているだけだった。もっとも、この番士も所司代の支配下に入っている。

二条城に「二条在番」が置かれたのは三代将軍家光の時代、寛永元年以降のことであった。大番頭四人、番士五十人が配置され、東大番頭の住居は二の丸東北隅に、西大番頭のそれは二の丸西北隅に設けられている。

政宗の足が、永井伊賀守の前で止まった。

東大手門を警護する番士四人の手前もあって、永井伊賀守は「御負担をおかけ致し申し訳ございませぬ」と囁き、軽く頭を下げた。

「いや……」と、政宗はいま歩いてきた道、堀川通をチラリと振り向いた。二条城と向き合うかたちで、通りの向こうに大老酒井忠清邸つまり上野厩橋藩十三万石の京屋敷がある。

政宗は小声で永井伊賀守に訊ねた。

「酒井様は京屋敷の方へ御入りになりまするのか」

「いえ。身の安全のため目から下を薄絹覆いで隠し、この二条の御城へ直接お入りなさるようです。おそらく警護の幾人かの供侍も同じように薄絹覆いで顔半分を隠して二の丸御殿に」

「ほう、目から下を隠されまするか。うむ……ま、それも宜しいでしょう」

「はい。では政宗様、こちらへ……」

永井伊賀守は政宗の前に立って歩き出し、番士が深く頭を下げた。

東大手門を潜り、東南隅櫓を左手に見つつ、築地塀を左右に広げるどっしりとした唐門を入ると、彼方に——本丸域に——白亜五層層塔型の美しい天守が眺められた。もと伏見城の天守が、三代将軍徳川家光の時代に移築されたものだった。

徳川の権力を象徴し、また朝廷の自立と伝統を抑え込むための威嚇的象徴でもあるこの天守が、八十年後の真夏、強烈な落雷の一撃を浴びて吹き飛ぶなど誰も想像だにしていなかった。

政宗は永井伊賀守に案内されて、二の丸御殿の玄関とも言うべき車寄に足を踏み入れた。政宗にとっては、生れてはじめての二条城入りであった。

二条城は、東西南北をいわゆる外濠で囲まれており、西半分が本丸域、東半分が二の丸域になっていて、本丸は更に内濠で周囲を囲まれている。

五層の天守はその本丸の南西角に、内濠を見おろすかたちで聳えていた。京人は時にその天守を指差して、天守閣ならぬ「**将軍閣**……」と囁くことさえある。いい意味にしろ悪い意味にしろ、だ。

永井伊賀守が玄関式台の手前で振り向き、矢張り政宗に囁いた。

「酒井様の耳には当然のこと、政宗様に関しては何一つ入らぬようになっております。そう御心得下さい」

「その方が気楽ゆえ、かえって警護に専念できまする」と、政宗も小声を返した。

「すでに二条城周辺は所司代が、東海道の出入口である三条大橋付近から二条城にかけては町奉行所が、厳重な警戒態勢を敷いております。大老酒井様の身辺警護は唐木得兵衛がその責任を一身に負いは致しますが、ひとつ彼を助けてやって下され」

「もちろんです。そのために、こうして登城したのですから」

二人は履物を脱いで玄関式台に上がった。

永井伊賀守は部屋の一つ一つを、二条城が初めての政宗のため丁寧に案内して回った。

最初の部屋、と言うよりは建物が、「遠侍（とおざむらい）」であった。八つの部屋からなる二の丸御殿最大の建物である。遠侍とは家臣が上位階級の者に挨拶（あいさつ）面談をする部屋のことを指し、いわゆる武者溜（だま）り的な性格を持つ。

八室からなる二条城の遠侍の主室は北側に位置する「勅使の間」で、朝廷から天皇や上皇の名代として訪れた勅使を、将軍との対面に先立って通す部屋である。この勅使の間には、警護の侍を目立たぬように配置しておく「帳台の間」が接するかたちで設けられている。

「次の建物は式台と称し、京入りした幕府の老中が詰める部屋です。こたび大老酒井様は将軍御名代として京入りなされまするゆえ、この二の丸御殿の最も奥にあります白書院つまり〝将軍の間〟を使うようにと公方（くぼう）様より指示されておられます」

「なるほど」

二人は回廊伝いに〝老中の間〟である式台へ行き、そして次の大広間へと足を運んだ。

その大広間の手前で、永井伊賀守の表情が硬くなった。

「本日昼八ツ半過ぎに二条の御城に到着なさいます酒井様は、先ず白書院に入って旅の疲れを癒されます。問題は、この大広間で酒井様が明朝五ツ半から予定されておられます諸大名家の使いや高僧方との接見です」

「どちらが先に始まることになっているのですか」

「高僧方との接見が先ではないかと思われます。あれこれ貢物を持参するであろう諸大名家の使いはおそらく後回しになりましょう」

「伊賀守様はその接見には立ち会われるのですね」

「はい。立ち会います」

「来訪される諸大名家の使いや高僧方ひとりひとりの顔は、御存知なのですか」

「いやあ、残念ながら数が多いゆえ、ほとんど判りません。京の近辺の藩は藩主自身が参りましょうが、それ以外は次席家老格が訪れましょう」

聞いて政宗は頷いた。

「さ、どうぞ……」と、永井伊賀守が硬い表情で、大広間へ足を踏み入れた。

明朝五ツ半から主舞台となるこの大広間は、一の間、二の間、三の間、槍の間、納戸、そして帳台の間の六部屋から成っている。

主室は上段の間と呼ばれている一の間で、ここに将軍が松が描かれた金箔(きんぱく)の床の間を背にして座し、一段下の二の間、三の間に居並ぶ大名達を、威圧的に眺め回すのである。

(何と贅沢(ぜいたく)で豪華な部屋であろうか)と、政宗は思った。圧巻であった。

上段の間は違棚や付書院を設け非常に格式高い書院造りで、天井は二重折上格(おりあげごう)天井(てんじょう)であった。

政宗は、将軍が座る位置に立って、天井を見上げた。

(これだけ高いと、天井裏から槍刀を繰り出されても、下に座している者までは届かぬな)と、ひとまず彼は安心した。

「伊賀守様、この上段の間の床下へは……」

「潜り込めぬようになっております。大広間全体が」

「左様ですか」と頷きつつ、政宗は上段の間に接して造られている「帳台の間」

へと入っていった。大老酒井雅楽頭忠清を護るためには、最も重要な部屋である。狭くて、そして暗い。

「ここへは、私ひとりが入りましょう。私一人がよい」

「唐木得兵衛たちは入れなくて宜しいのですか。政宗様お一人に御負担を掛けてしまっては」

「いや。この部屋は非常に重要です。幾人も入ってはその気配を相手に気付かれる心配があります。それに狭くて動きが取り難い。私ひとりで入らせて下さい」

「承知致しました。唐木得兵衛たちには、他の位置に付いて貰いましょう」

「とは申しても、なるべく私の身近に」

「ええ。お互いの呼吸が通じ合える位置に」

政宗はこの大広間だけは、何度も丹念に各部屋を見て回った。

永井伊賀守の硬い表情は続いていた。まるで不測の事態が直ぐ其処に迫りつつあるのを、予感しているかのように。

二

身の安全のため目から下、顔半分を薄絹覆いで隠した大老酒井雅楽頭(うたのかみ)忠清は二条城二の丸御殿の白書院に入ると、「疲れた。暫く一人にさせてくれぬか。呼ぶまで退がっていよ」と、やはり顔半分を薄絹覆いで隠した供侍や唐木得兵衛ら警護の者たちを遠ざけた。

二の間の西側回廊には東海道を付き従って来た侍女三人が控えていたが、彼女たちにも矢張り「御苦労であったな。呼ぶまで退がっていてよい」と、声をかけた。

三人の侍女のうち一人――三十前後に見える美しいが目元のきつい女――が、「お役目でございますから」と首を横に振った。

「美咲(みさき)。これは頼みではない。指示じゃ。呼ぶまで退がっていなさい」

「では〝雑用の間〟で待機いたしております」

「これ。侍女を差配するそなたが、待機、というような言葉を用いてはならぬ。

美咲らしくないぞ」

「これは迂闊でございました。お許し下されませ」

「で、雑用の間、というのは？」

「この白書院の三の間の東側に、回廊を隔てて設けられております〝指出の間〟のことでございまする」

　薄絹覆いで顔半分を隠した酒井忠清は「お、あの部屋か」と頷いた。将軍の居間や寝室がある二の丸御殿最奥の白書院に立ち入るのは、大老と言えども今回が初めてであったのだろうか。雑用の間、が指出の間を意味していることに、直ぐには気付かなかったようである。もっとも二の丸御殿の大・小五十ほどもある部屋の一つ一つの特徴や役割を、江戸の侍が正しく覚えられる訳がない。

「ともかく柳生忍びの、そなた達がそばにいてくれて心丈夫であった。暫くそなた達も、ひと息つくがよい」

「あ。何卒、柳生の名は、お出し下さいませぬようにして下さりませ」

「お、そうよな。今度は私の方が迂闊であったわ。許せ美咲」

「では、指出の間、に退がっておりまする」

酒井忠清が公用私用で京を訪れるのは、むろん今回が初めてではなかったが、その場合、堀川通の東側に二条城と対面するかたちである自邸に入った。当然のことである。

二条城二の丸御殿に出仕しても、自身の判断で御殿の奥へと進むのは、将軍家の私的な対面所の性格を持っている黒書院——白書院の手前南側——までに止めるよう努めてもきた。

出来る限り、であったが。

だが今回は将軍名代であるという。したがって名代、の二文字は決して軽軽しく扱ってはならなかった。将軍の権威と威光を、微塵たりとも曇らせてはならないのである。

そのために四代将軍徳川家綱は「今回の上洛では白書院、黒書院は忠清の自由に使ってよい」と、申し渡したと思われる。

尤も実際のところは、大老酒井が老中会議に働きかけてその案を、将軍宛に上申させたのかも知れない。大老である己れの虚勢を満足させようとしてではない。

京入り三日目に訪ねる朝廷に対して、武門たる徳川と諸大名が強固な一枚岩であることを印象づけるためにである。それゆえ、朝廷入りよりも先に、諸大名・高僧たちとの対面が組まれているのでは？

顔半分を隠した酒井忠清は両手を後ろ腰に組んで、ゆっくりと一の間から二の間、そして矩形(くけい)に続く三の間、四の間と見て回った。将軍の寝所である一の間は、二の間より一段高くなっていて、その東隣が四の間だった。少なくとも酒井忠清は見回ったあと、各部屋の位置をそう認識したに相違ない。

けれども寝所である一の間と四の間に挟まれて、極めて狭い帳台の間が存在していた。

酒井忠清は、その部屋だけは見ることを忘れていた。いや、その部屋の存在に気付いていなかった、のであろうか。それとも見るのを「面倒だ」と省いたのか？

いずれにしろ、間、とか部屋と呼ぶよりは、空間と称する程度の狭い帳台の間であった。

忠清は一の間――御座の間――に腰を下ろすと、顔半分を隠している薄絹覆いを取り去ろうとして手をやったが、思い直したようにその手を膝(ひざ)の上に戻した。

このとき、白書院と回廊を仕切っている襖障子（ふすま）の向こうで、澄んだ女の声がした。控え気味な低い声だった。

「美咲でございます。所司代永井伊賀守様が、是非とも、と御目通りを願っております」

「なに。伊賀殿が」

「はい。与力二名を従えての登城でございまする」

「朝廷を御訪ね申し上げるについての、何事かであろうか。宜しい、通しなさい」

「それでは、お連れ申し上げます」

襖障子の向こうで、気配が退がった。

すると、それを待ち構えていたかの如く、御座の間と帳台の間を仕切っている小襖——港の家並、接岸した船、松の木などが描かれた——の向こうで、「いけませぬ」と言う声が生じた。

「誰じゃ」

と、忠清は驚き振り向いて、薄絹覆いを取り去ろうとしたが、思い止（とど）まった。

「呼ぶまで退がっていよ、と配下の者たちに、お命じになりました。所司代が訪ねて参ったとしても、命じられた配下の者は、やすやすとは取り継がぬ筈」

「何者じゃ。出て参れ」

「警護で帳台の間に控えております者ゆえ、万が一の場合を除いては、お目にかかれませぬ。御容赦を」

「訪ねて参った所司代に会う必要はないと申すか」

「所司代でなければ、何となさいます」

「なにっ」

「いま取り継いだ者が配下の者であったという確証は、おありでございますか。声に覚えが、おありでしょうか」

「う、うーん……」

「私は此処に控えて、お守り致しまする。誰が訪ねて参っても、疲れているからと、お断わりなされませ」

「わかった。先ずは、そなたの申す通りにしよう」

帳台の間が、静かになった。

畳六枚が縦に細長く敷き詰められた、その狭く薄暗い空間。小さな防火型行灯が一つ点されているだけの其処に、正三位大納言・左近衛大将、松平政宗が粟田口久国を膝の上に横たえて正座していた。後水尾法皇から贈られし名は、嵯峨宮武将親王。

「美咲でございます。所司代永井伊賀守様を、お通し致しました」

帳台の間に、女の囁くような声が伝わってきた。

「美咲よ。すまぬが矢張り暫くの間、体を休めたい。伊賀殿には申し訳ないが、またにして貰ってくれい」

「ですが、すでに御座の間そばに、控えていらっしゃいます」

「伊賀殿、聞こえまするか」

「はい。充分に……」

「すまぬが、長旅で足腰の疲れがひどいのじゃ。一刻ばかり休ませて下さらぬか」

「承知いたしました。では一刻ほど後に再度、ご都合をお訊ね致しまする」

「有難い。申し訳ござらぬな」

「なんの。どうか、ゆるりと体をお休め下さりませ」

「美咲。伊賀殿をご丁重に、お見送り致せ。粗相のないようにな」

「はい」

帳台の間では、膝の上の粟田口久国に触れていた政宗の手が、静かに離れた。

西国地区の最高機関である京都所司代は、朝廷、公家、皇族系寺院である門跡などを総督し、京都、伏見、奈良の奉行を指揮下に置くなど強力な権限を有していることから、大老の地位にある酒井忠清といえども軽軽しくは扱えなかった。

京都所司代は老中へ昇進するための待機位置であり、出世進路の最右翼にある。したがって下手に扱えば、後後になって地位が逆転したとき、平手打ちを食わされかねない。

帳台の間の小襖の向こうから、政宗に声がかかった。

「その方、唐木得兵衛の配下の者か」

「そう御判断下されて間違いではございませぬ」

「なんだか曲がりくねった答えようじゃの。では名を名乗れ」

「隠密に警護の任に就いておりますれば、名は名乗れませぬ」

「名乗れぬなら、顔を見せよ」

「それもなりませぬ」

「此処は余の寝所ぞ。警護のためとは申せ、名も顔も判らぬ者は立ち入ることを許さぬ」

「おそれながら……」

「なんじゃ」

「ただいま、余の寝所ぞ、と申されましたな」

「それがどうした」

「宜しゅうございまする。お目にかかりましょう」

「余が開ける」

帳台の間の小襖が左右に開けられた。政宗は膝の上にあった粟田口久国を脇に置き、平伏していた。

「顔を上げよ」

「その前に御許し戴き(いただ)たき事がございまする」

「申せ」

「警護の任に就いておりまするゆえ、殿中とは申せ、このように大刀を所持致しております。お認め下さりましょうや」

「よい。致し方あるまい」

「は」

政宗はゆっくりと顔を上げ、相手と視線を合わせた。

「私は未だ大老酒井雅楽頭忠清様のお顔を存じ上げませぬ。おそれながら何卒、薄絹覆いをお取り下さいませ」

「それは出来ぬ」

「何卒……」

「その方、名を申せ」

「何卒……」

秀麗なるまなざしで見つめられ、やわらかく迫られて相手は「う、うむ……」と小さく呻いた。

政宗は再び低く頭を下げた。

「わかった。顔を上げよ」

「はい」

酒井忠清四十六歳――は薄絹覆いを取って政宗に顔を見せた。

視線を合わせた二人は、暫く無言であった。

そして対話が、はじまった。

「その方、一介の警護の侍とは思えぬ人品じゃな。一体何者じゃ。五摂家のいずれかにでも仕える青侍、あ、いや、公家侍の印象じゃが」

「正三位大納言・左近衛大将、松平政宗にございまする」

「な、なんと……もう一度申せ。しかと聞きたい」

「正三位大納言・左近衛大将、松平政宗」

さすがに嵯峨宮武将親王とは口に出さぬ、政宗であった。驚いた相手は政宗と膝を近付けて座った。

「そなた……まことに正三位大納言・左近衛大将と言われるか」

「まことでございまする」

「う、うむ……」

「上様でございまするな。四代将軍・右大臣徳川家綱様でございまするな」

とんでもない人物の名が政宗の口から出たのは、この時であった。

「さ、左様。どこで、余と判ったのじゃ」

「一つは優しさでございまする」

「優しさ？」

「呼ぶまで退がっておれ、と命じられた相手を受け入れようとなされました」

「ほかには？」

「余の寝所ぞ、と申されました。大老酒井様であれば、おそらく別の表現を用いられた筈」

「ほかには？」

「ございませぬ。以上の二点で、もしや……と思うた次第でございまする」

「それにしても、正三位大納言・左近衛大将の地位にあるそなたが、何故に帳台の間に潜み、余の警護に就くことになられたのか……そなた、侍ではなく公家ではござらぬのか。公家としての名を教えて下され」

「それは、またの機会に、という事にして下さりませ。それよりも大老酒井様ではなく、なぜに上様ご自身の上洛となったのでございまするか」

「正三位大納言・左近衛大将のそなたなら存じておられよう。現在（いま）の〝下居（おりい）の帝（みかど）〟後水尾（ごみずのお）法皇様が前（さき）の帝（みかど）であられた時、帝が激怒なされる事件が三代将軍時代の朝幕関係の中で生じたことを」

「はい、存じております。その結果、帝（みかど）は幕府に相談すること殆（ほとん）どせず、興子（おきこ）内親王に譲位いたしました」

「突然、と言ってもいいような譲位の事態で、朝幕関係は緊張の極みに達し、気性の激しかったわが父、三代将軍家光もさすがに頭を抱えた、と聞いています」

「上様も私も、まだこの世には生まれておらぬ時代のゴタゴタでございましたな」

「左様。幕府権力の用い方の拙（まず）さが、あのどうにもならぬ緊張関係を生んでしまった」

「真実、そう思われまするか」

「うむ」

「あのゴクゴタにより、古代から数えて七人目の女帝・第百九代明正（めいしょう）天皇が誕生いたしました」

「奈良時代の称徳天皇以来、実に八五九年ぶりの女帝……幕府にとっては、まさしく大事件」

「はい。都が京に制定されてからも、はじめてと言う女帝でございました」

「まったく現在の〝下居の帝〟は、怒りの余りとは申せ思い切ったことをなされました」

「あの頃の激震、まだ尾を引いておりまするか。それで大老酒井様ではなく上様ご自身の上洛となりましたか」

「現帝で在す霊元天皇は九歳で即位なされましたが、英邁かつ意志の強い性格であられることから、御年を重ねるに従い幕府への主張はなはだ厳しく険しくなって参りました。このままではいつまた朝幕関係に深刻な事態が訪れるやも知れぬ、と考えて将軍自ら乗り出したる次第。但し……」

「但し?」

「言葉を飾らずに申してもよいのかのう。正三位大納言・左近衛大将殿に」

「飾らずお話し下さりませ」

「亡き父家光や歴代老中の余への重要な申し送り事項は只一つ、徳川幕府は絶対に朝廷に屈伏してはならぬ、という厳しい上にも厳しい教えのみ」

「当然でございましょうな」

「それゆえ将軍の上洛は三代将軍までとする、という不文律が好むと好まざるとにかかわらず出来上がっており申した。つまり今回の四代将軍の上洛は、これから将軍の座に就く者のためにも歴史上に残してはならぬこと、という事情を含んでおりまするのじゃ」

「なるほど。それで大老酒井様が動いていることに、なっておりましたか」

「酒井も何かと敵が多くて、やすやすとは動けぬ体でしてな。今回の上洛の旅で、余が将軍であることを知っておるのは、側近の数名と柳生の女忍び三名、それと唐木得兵衛ら警護の者のみ。いやはや、気疲れの多い旅でござったわ」

「将軍の歴史に残らぬ上洛とするには、致し方ございませぬなあ。すると朝廷に赴かれるまで薄絹覆いは取れませぬな」

「まるで歌舞伎役者ぞ。笑うに笑えませぬわ」

「それにしても上様。意外でござりました」

「意外とは?」

「言葉を飾らずに申し上げて宜しゅうございましょうや」

「余も飾らずに打ち明けたのじゃ。遠慮なく言うて下され大納言殿」

「私の耳に入って参ります第四代将軍・右大臣徳川家綱様の御評判は、〝左様せい様将軍〟つまり何もかも『左様にせい』と大老・老中任せで御当人の意思表示は皆無に近い、というものでございました。この頼りなさ、まことでございまするか」

「はははっ。これは耳の痛いこと。だが、まことですな大納言殿」

「しっ。お声を、も少し低く抑(おさ)えて下さいませ。壁に耳あり障子に目あり」

「おっと、そうでありました。すみませぬ」

「加えて家綱様は幼少より軟弱で御年(おんとし)二十九歳の今日に於いても極めて女女(めめ)しくあられる、と」

「幼少の頃は確かに軟弱でござった。幼少の頃は、な。間違ってはおりませぬよ」

「ただ、中国・唐(とう)代の政治研究や書画、能、狂言などにおかれましては優れたる御才覚を御持ちであるとの噂(うわさ)も耳に致しております」

「ふむう。嫌いではないからのう」

「が、今の私の目には〝左様せい様将軍〟も〝女女しさ〟も、事実とは大きく異なっているとしか見えませぬ。幕府の中央や地方の役所及び諸制度は四代将軍期に入って、いよいよ安定充実感を増し円滑に働くようになったと見通され、将軍権力の直接行使から組織権限の行使へと発想を切り換えられたのではございませぬか。それが周囲の目には〝左様せい様将軍〟と頼りなく映るようになったのでございましょう」

「なるほど。一理ござるよ大納言殿」

「しかしながら、配下組織へ権限を与え、その行使を信頼の名のもとに監査せざるは、暴走という恐ろしい副作用を生じましょう。上様の御存知なきところで、配下組織が権限を武器として巨悪を撒き散らしていないかどうか、ときに監察を強めることこそが徳川幕府の命脈を増すことにつながりましょうぞ」

「大納言殿。すでに戦国の世は遠く彼方に去り申した。将軍の一喝による采配指揮は、もはや必要なしと考え、余は出来うる限り配下の組織へ権限を委譲するよう努めて参った。つまり武断政治から文治政治に切り換えて参った。その文治政治に於ける権力あるいは権限が、武断と何ら変わらぬ恐ろしいものであると最近になって、気付き始めてもおる」

「それをお聞きして、この大納言、少しばかり安堵(あんど)いたしました。それに致しましても上様の両手の木刀胝(だこ)。とても女女しいなどとは、申されませぬな」

「ははは、これか」と将軍家綱は声を抑え気味に笑い、己れの両手を眺めた。

「柳生の親爺殿がな、余を逞(たくま)しく育ててくれたのじゃ。幼い頃からな。強くなれい、強くなれい、と余に発破をかけてくれてな」と、家綱が目を細める。

「将軍家剣術指南、柳生新陰流の柳生宗冬(むねふゆ)様ですな」

「うむ。宗冬の親爺殿は剣も強いが、学問にも優れておる。武断政治から文治政治へと考え方を改めるよう導いてくれたのも、ほかならぬ宗冬の親爺殿でござるよ大納言殿」

「左様でございましたか」

「乗馬にも、ことのほか口うるそうてな。余に中山直範なる乗馬指南を付けて、尻の皮がめくれるほど乗せられたわ」

「それはまた」

「これから何代続くか判らぬ歴代将軍史の中で、文武に最強と評される将軍になりなされ、と宗冬の親爺殿は口癖のように言うてきた。いや、未だ言うておるなあ。そしてな、力を付ければ付けるほど決して強そうな将軍に見せてはなりませぬ、とも教えてくれたわ」

政宗は、思わずハッとなった。力を付ければ付けるほど決して強そうに見せてはならぬ――それは己れの大恩師、夢双禅師の教えそのものだったからである。大剣客なる者はいかなる人物も〝一志〟に到達する、政宗はつくづくそう思い知らされた。

「ところで……」

と将軍家綱は改めて、まじまじと政宗の顔を見つめた。

「そなた一体、何者なのじゃ。素姓を明かしては下さらぬか大納言殿」

「決して怪しい者ではございませぬ。さりとて、徳川の政治に必ずしも心を許している者でもありませぬ」

「ほほう……」

「しかしながら、引き受けて御座の間の武者隠しに身を潜めたる以上は、この部屋に在わす御方様が上様であろうとも大老酒井様であろうとも、体を張ってお守り致す所存。ご安心下されませ」

「酒井はあちらこちらから快く思われておらぬようじゃ。政敵が少なくない。ゆえに酒井を装うて京入りした余の策は、いささか拙かったかのう」

「拙かったかも知れませぬ。酒井様と思うて襲いかかってくる集団がいるやも知れませぬし、上様と知った上で動き出す剣客がいるやも知れませぬ」

「余と知った上で？」

「はい。酒井様かと思うてうっかり狙ってしまった、という言い訳を用意した上で動き出す恐れが」

「余は、それほど嫌われておるのであろうか」

「嫌われておる好かれておる、は殆ど関係ございませぬ。頂点に君臨する者を狙う理由は、権力を奪取し覇者の地位に登りつめんがため……そのような行動を取るかも知れぬ者に、御心当たりはございまするか？」

「うむ……わからぬな」

「お……どうやら……その時がきたようでございまする」

「なに？」

「この大納言を信じ暫く、この帳台の間に、お潜み下され」

「そなた……」

「迷うてる余裕はありませぬぞ。さ、早く……」

「わかった。ここは、そなたを信じよう……必要ならこれを。替えの新しいものじゃ」

家綱が懐から取り出した薄絹覆いを、政宗に差し出した。

「有難く」

徳川家綱が帳台の間に入り、政宗の手で小襖が閉じられた。

「上様。心苦しゅうございまするが、この白書院を血で汚すことになるやも知れませぬ」

「よい」と、小襖の向こうから、家綱の返事が小声で返ってきた。

薄絹覆いで顔半分を隠した政宗は、御座の間の床の間――狩野興以の手で山水画が描かれた――を背に正座をし、粟田口久国を左脇に置いた。

全身を凛とさせた政宗の姿は、御座の間に正座するに、いささかの不自然さもなかった。いや、むしろ似合っていた。

回廊との間を仕切っている襖障子が、カタッと小さく鳴った。

三

政宗は立ち上がって、粟田口久国を帯に通した。

二の間、三の間の襖障子が、静かに……静かに……開いていく。

戸外の午後の明りが回廊の板障子を通して、大行灯の明りだけであった二の間、三の間に差し込んできた。

その明りが畳の上に、白くゆっくりと広がっていく。

その明りの広がりと共に、一人また一人と身なり正しい侍たちが、白書院に許可を求めることなく入ってきた。将軍家綱に指示されて先程この白書院から出ていった供侍や唐木得兵衛たちとは、明らかに着ているものが違っていたが、そのとき帳台の間に潜んでいた政宗には、そうとは判らない。

そして、無言と共に白書院に踏み入ってきた侍たちもまた、薄絹覆いで顔の半分を隠していた。その数……十七名。

二の間及び三の間へ最後に入ってきた、ひときわ体格の良い人物が、それぞれ後ろ手で襖障子を閉じ、白書院は再び大行灯の明りだけとなった。

将軍の御座の間に点されている大行灯である。灯油の質もよく暗くはない。

「行灯を隅へ……」

一の間に最後に入ってきた人物――がっしりとした長身の体格――が野太い声で命じ、侍たちが素早く動いた。各座敷に置かれている幾つもの大行灯が部屋の隅へ移され、侍たちはまた元の位置へ戻った。

「襖を回廊側だけ残し、全てはずせ」

再び野太い声が命じた。

一の間から三の間までの内襖（うちぶすま）――狩野興以の山水画が描かれた――が侍たちの手で音立てぬよう敷居から次次と取りはずされ、壁に寄せて立てかけられた。

政宗は黙って穏やかに眺めていた。すぐ目の前、御座の間つまり一の間と二の間の間（あいだ）の襖が取りはずされる時も、身じろぎ一つしなかった。

一名と十七名を包んで、大空間が出来あがった。それは京で一、二と言われている新伝一刀流の大道場に匹敵するほどの広さであった。ちなみに二の丸御殿で最も大きな殿舎である「遠侍」は二百畳を超える広さがあり、将軍と諸大名との対面の場である「大広間」の広さも、ほぼ遠侍に近い。

　がっしりとした長身の体格の侍が、ゆっくりと政宗の前に進み出て――と言っても三、四間の間を空け――丁重に頭を下げた。彼の後方に控えていた十六名の侵入侍たちも、やはりうやうやしく腰を折った。

「お命頂戴仕りまする」

　一党の頭であると思われる長身の男が言った。重重しい調子だった。

「名を名乗りなさい」

「源　義経」

「ほう。牛若丸殿か。よき名じゃのう。で、私を誰と思うて命を奪うつもりなのじゃ」

「どなた様であろうと、宜しゅうござる」

「ん？」

「我我は、この白書院に在す御方のお命を頂戴すればよいだけのこと」

「なるほど。そういう事か」

「お覚悟を」

「承知した」

頭らしい長身の男――源義経――はもう一度丁重に腰を折ると、配下の侍の位置まで退がった。薄絹覆い対薄絹覆い、どちらにとっても相手の顔が判らぬ対峙であった。

「殺れい」

おごそか、といってもいいような口調で、源義経とやらが発した。しかも威嚇的ではない。

十六名が、これもまた物静かに左右に広がって、ゆるりと抜刀した。正眼である。

だが、穏やかさ、はそこまでであった。抜刀した十六名の目つきがギンッとなった。みるみる殺気が白書院に満ちていく。

対する政宗は、まっすぐに粛然と立ったままであった。風に柳のごとし、のやわらかさでもあった。刀の柄に手を触れようともしない。

十六名の刀身が、正眼の構えから一斉に、右八双へと移った。ただ刀身は、一様に額の前へ斜めに傾けている。刃の向きは政宗。

「これは珍しや。七年前に九十二歳の高齢で亡くなられた甲州流兵学の開祖、小幡勘兵衛景憲(おばたかんべえかげのり)先生が編み出されし幻(まぼろし)の剣法。俗に甲州一刀流華厳(けごん)の構え」

政宗に言われて、思いがけない変化が彼等の間に流れた。

彼等の目に「うっ」という明らかな衝撃が生じたのである。しかし、彼等のその身構えが衝撃によって崩れることはなかった。

双方まったく動くことのない、無言の対峙が暫く続く。

その対峙を重い声で破ったのは、源義経と名乗った首領格と思(おぼ)しき人物だった。

「念のために、お訊ね申し上げる。世に出ておりませぬ幻の甲州一刀流剣法、華厳の構えを何故に御存知でおられるか」

「さあて……」

「多少なりとも学ばれたのであろうか」

「さあて……」

「お答え下され。知りとうござる」と、丁寧な口調であった。

と、政宗は薄絹覆いの端に左手の指先を触れた。華厳の構えをとる十六名の爪先がジリッと畳を噛んだ。政宗との間を詰めにかかる。殺気は衰えていない。あくまで、殺るつもりだ。

政宗は薄絹覆いの端を、軽く引いた。それがハラリと彼の足元に舞い落ち、隠されていた端麗秀美な涼しい面立ちが現われて、先程の衝撃とは比較にならぬ大きな動揺が十七名を包んだ。目つきで、そうと知れた。

「その方、何者じゃ」と、首領格。

「ははは っ。名乗れぬな。上様とは一つ違いの風来坊とでも申しておくか」

「おのれ」と、源義経が凄みを沸かせた形相を広げていく。

「公方様でもなく、大老酒井様でもなく、残念であったな」

「もう一度訊く。名乗れい」

「知る必要はない」

「なにっ」

「この白書院へ許しを得ず賊徒の如く踏み込んだる以上は、何者であろうと死あ

「お主たち」

るのみと心得よ。一人たりとも生きてはこの白書院から出さぬ」

「なにを小癪な」と、首領格源義経とやらが、ようやく抜刀した。

再び無言の対峙が訪れた。

十七名の爪先が僅かに音立て、山蟻の這うがごとく政宗へと躙り寄っていく。

と、政宗が静かに、まるで能を舞う足先の優しさで、御座の間から一段低い二の間へ下り立った。さすがに御座の間だけは汚せない、と判断したのであろうか。

十七名が更に間合を詰め、政宗がついに名刀粟田口久国をゆるゆると鞘から滑らせる。

十七名の動きが、申し合わせたように止まった。公方様でもなく、大老酒井様でもない何者とも判らぬ相手の剣の流儀、構えを、見極めるためか。

政宗がほんの少し左足を引いて腰を僅かに落とし、剣を左八双へと持っていく。

そして、額の前で刀身を斜めに傾けた。刃は相手に向けている。

十七名の目つきが驚愕を示した。

無理もない。自分たちとは左右対称の「逆華厳の構え」そのもの、しかも寸分のスキもない見事に美しい構えを突き付けられたのだ。

「参られよ」

政宗は、微笑んだ。全身に力みまったくなく、飄然無想の如しであった。

「どうした。牛若丸殿」

と、政宗が優しい眼差しで促す。

十七名の動きが再開した。彼等の爪先が衣擦れのような小さな音を立てて政宗へと忍び寄っていく。

このとき白書院の外で、秋鶯が囀った。

それが「静」から「動」への幕明けの合図だった。

「むむんっ」

腹底から声にならぬ程の低い気合いを発して、二人が政宗の左右から襲いかかった。

政宗も動いた。幕明け早早の激突であった。

政宗の左喉元を一刀が突いてきた。もう一刀が右肩に斬り下ろされる。

粟田口久国が右肩を狙ってきた刀をガチンと弾き返し、左喉元に迫ってきた刀を叩き上げ、政宗が風のように二人の間を抜けた。

と見えたのは一瞬で、ふわりと体の向きを元へ戻した彼が、粟田口久国を空（くう）を抉（えぐ）るかたちで走らせる。

ブンッという唸（うな）り音。重く鋭い音であった。

二人の剣客が背中を斜めに割られ、悲鳴もあげず万歳（ばんざい）の恰好で畳の上に叩きつけられた。

闘いが始まってから、その結末までが、一瞬の瞬きの間に生じて終っていた。

政宗が十五名に向き直り、粟田口久国の切っ先をほとんど垂直に足先へ下げ、左足を軽く引きつつ右足の直後に位置させた。その左足は僅かに爪先立てている。

十五名の目つきが明らかに強張った。政宗のその構えは、さながら宙に縦に張った三味線の一本の弦（げん）であった。細く、あまりにも細く、弱弱しく、余りにも弱弱しく、それでいて触れなば岩石とて真っ二つに割りそうな鋭利さを放っているかに見えた。

しかも、息を飲むほどに美しい構えであった。完璧（かんぺき）なまでに美しい。

その細く、弱弱しく、美しい構えに、三名が同時に扇状に広がって挑みかかった。

そうと読み切っていたのか、政宗が滑るように右側の刺客に迫る。挑んだ積もりが、迫られて、右側の刺客は一刀両断の呼吸を小さく乱した。

その小さな乱れは、狼狽そのものであった。

粟田口久国が、一条の光と化して、矢のように繰り出される。

その激烈な早さ。

大行灯の明りが、グラリと揺らぐ程であった。剣客は凄まじい勢いで伸びてくる粟田口久国を、受けることも躱す事も出来なかった。

粟田口久国は刺客の薄絹覆いをはねるようにして下顎から後ろ首まで貫き通すと、第二撃を中央の刺客へ移した。寸暇もなかった。連続であった。目にもとまらなかった。

だがこの刺客は、最初の粟田口久国を躱した。次の剣も鮮やかに受けた。飛び散る青い火玉。

政宗が休みを与えず面、面、面と斬り込む。それは炸裂であった。稲妻であった。

第五打目で、受けた相手の刀身が異音を発し二つに折れる。

そのまま斬り下ろした粟田口久国が、肩口から肺の臓へと刃を達した。

骨を断つ枯れ枝を踏み折るような音。

鮮血を噴き上げる間もなく、刺客がカッと目を見開いて仰向けに倒れた。

なんと、先に下顎を貫かれた刺客が倒れたのも、この時。

それほど、瞬間的な二つの勝負であった。

三人の内の残った一人が、大きく退がる。圧倒的な力の差を見せつけられてか、その目は吊り上がっていた。恐怖でか、それとも驚きでか。

「私が殺る。その間にこの白書院へ誰かの訪れがあらば、お前達で片付けよ。私の勝負に手出しは無用。守らねば斬る。よいな」

そう言って、首領格源義経とやらが、一歩踏み出した。

「ようやく表舞台に出て参ったか牛若丸殿」

政宗は冷やかな目で相手を見つめた。いままでとは違った眼差しだった。

掟破り(おきて)の手法で世を騒がせること、人を殺め(あや)ることを誰よりも憎む政宗であった。

それが特に弱者へ向けられたとき、彼の優しい眼差しは時に豹虎(ひょうこ)のそれとなる。

「気の毒だが、生きてはおれぬと思うがよい」

「その言葉は、そっくりお前に返そうか」

「無理じゃ。凶刀では私は斬れぬ」

穏やかに応じた政宗の粟田口久国は、右片手の切っ先を地に向けダラリと下げていた。その切っ先から血玉が一つ……二つ……三つと垂れ続ける。

「来いっ、若僧」

十二名の刺客が息を止めて見守る中で、首領格が華厳の構えをとった。

政宗が、逆華厳の構えで対峙。

直後、政宗の胸の内で（この男、出来る……さすが牛若）という声にならぬ呟きが漏れた。

双方、呼吸を忘れたかのような向き合いが続いた。お互い、刀身に微塵のブレも生じない。正・逆の構えの違いこそあれ、共に無想の、いや夢想の境地に立っているかのような対峙であった。

しかし、目つきは違った。政宗のそれは冷やかで涼しく、牛若丸のそれは意識的に細めているかのように吊り上がっていた。

目の変化から相手の次なる動きを読み取る修練を積み重ねてきた政宗は、したがって相手の爪先を注視した。

時が重苦しく過ぎていく。

牛若丸の配下の誰かが、緊張の余りであろうゴクリと喉を鳴らした。意外な大きい鳴りであった。それが首領格の構えの均衡を僅かに揺らした。右足の爪先が小さく、本当に小さく痙攣（けいれん）する。政宗が、それを見逃さない。

粟田口久国が、宙を躍った。首領格には、そう見えた。つまり政宗の姿が見えていなかった。刀だけが閃光（せんこう）となって躍り込んできた。

半歩退がって首領格は受けた。辛うじて受けた。火花が散る。息継ぐ間もなく二打目、三打目が、眉間また眉間、と連続した。頭上に打ち下ろされた粟田口久国の四打目を受けた刹那（せつな）、首領格はガクンと片膝を折った。強烈な重圧だった。巨岩が落下してきたような、大打撃であった。

首領格は反射的に畳の上を転がって、見守る配下の位置にまで退がった。

素早く立ち上がって、恐るべき我が敵を見る。息は乱れていない。

政宗は、当初の位置に、ひっそりと立っていた。二つの目は氷結したかの如く冷めたく、だが唇には笑みがあった。

首領格は戦慄(せんりつ)した。その戦慄が闘魂を煽(あお)った。殺意を膨張させた闘魂であった。

彼が畳を蹴(け)って斬り込む。

頭(かしら)危うし、とでも思ったのか、配下二人がその後に続いた。

牛若丸は直ぐさま半転した。半転しざま振りかぶり、凄い形相で目の前の配下二人を袈裟(けさ)斬りにした。

容赦なかった。問答無用であった。

これは血しぶきが、折上格(おりあげごう)天井まで噴き上がってバチバチと鳴った。

天井に描かれていた可憐(かれん)な四季の草花絵が、無残に血に染まる。

したたり落ちる血の雨の下で、向きを改めた首領格が正眼に構えた。

憤怒露(あらわ)な形相であった。薄絹覆いを通して、そうと知れた。目がギラついている。

「生かしてはおかん」

歯を嚙み鳴らしつつ吐き捨てた首領格が、配下の脂血(しけつ)でぬめっている凶刀を、政宗の手首を狙って打ち込んだ。電光石火であった。言葉が終らぬうちに、打ち込んでいた。不意を突いていた。

政宗は飛び退がった。退がったが、僅かに遅れた。相手の切っ先が――それこそ針の先ほどが――政宗の右手の甲をかすめた。痛みは、ない。

首領格が、小手、小手、小手と渾身(こんしん)の三連打を繰り出した。粟田口久国が鍔(つば)受けした。また受けた。三打目で、白い輝きの粒が、天井に舞った。鍔受けされた凶刀の切っ先が、欠け飛んだ。誰の目にも、それと判る程の粒であった。

「まずい」――と思ったのか首領格の小手打ちが、引きに移る。

その間隙(かんげき)を政宗は見逃さない。相手が引いた分、粟田口久国が伸びた。矢のような、突き技だった。

喉元の寸前で、凶刀が危うく弾き返す。

返された粟田口久国が、首領格の頭上で半転し、右の肩に軽く刃が乗った。配下の誰の目にも、恐らくそう見えた。ふわり、と軽く乗ったと。

だが、名刀粟田口久国の刃は、源義経とやらの右肩を断ち割っていた。音もなく断ち割っていた。

体から離れた右腕が畳に叩きつけられ、ドンと鈍い音を立て配下の中へ弾け飛ぶ。凄まじい打撃であった。

「ううっ」と、首領格がのけぞり、しかし両足を踏ん張った。

「断(だん)じゃ！」

政宗は言うなり、粟田口久国で首領格の心の臓を貫いた。

もんどり打って、相手が倒れる。ズダンッと畳が唸り震えた。

「おのれえっ」

それまで我心(がしん)を抑えていた配下の集団が、一気に政宗に襲いかかった。

政宗も自らを刺客団の中へ投げ込んだ。

入り乱れての、まさに乱戦であった。

粟田口久国が躍った、舞った、光った。刺客たちの首が、脚が、腕が断ち切られて、二の間、三の間を弾け飛ぶ。ドスン、ズバッという音、音、音。

激突、また激突であった。

血しぶきが政宗に吹きかかり、全身朱(あけ)に染まって、さながら鬼か阿修羅。

ほんの数呼吸の間に六名を斬り倒され、残った刺客四名は、四の間に追い詰められた。

すでに彼等四名は言い知れぬ恐怖に包まれていた。薄絹覆いの上に覗いている顔は蒼白だった。色がなかった。

政宗は、粟田口久国を右手に下げて、四名との間を詰めた。

「もうよい、そこまでじゃ」

政宗の背後で声がし、彼の足がとまった。

静かに政宗に近付いた第四代将軍・右大臣徳川家綱は、政宗と肩を並べて立つと、もう一度「ここまでじゃ。のう大納言殿」と、小声で言った。

政宗は頷いた。

四名の刺客は、刀を力なく足元に落とした。四人の顔には、もはや「殺る」の気力はなかった。

政宗は粟田口久国の刃を懐紙で清めると、鞘に収めた。柄も両手も、まだ血で汚れている。

政宗は四人に向かって訊ねた。

「その方たち、誰に頼まれて刺客を引き受けたのか」

「…………」

「言えぬか。余程にカネを積まれたと見えるな」

「…………」

「素姓について名乗る気もないか」

「…………」

「致し方なし。では所司代に、そなた達を引き渡すと致そう」

政宗のその言葉が終るか終らぬうち、四人は一斉に脇差を抜いて自分の胸に突き立てた。

呆気(あっけ)ない最期であった。

将軍徳川家綱は、その最期を目の前に見ても、顔色ひとつ変えなかった。

そうと知った政宗は(なかなか、どうしてどうして。左様せい様将軍どころか、肝の据(す)わった御方じゃ)と思った。

「ようやく気付いたようですな上様」

と、政宗は振り向いて、三の間、二の間を見た。幾人かの慌ただしい足音が、白書院の南側に、離れて位置する黒書院の方から、次第に近付いてくる。

回廊の軋(きし)み鳴りが、二の間の前で止まり「上様。唐木得兵衛でございます」と声が掛かった。少し取り乱した声だ。

「お入りなされ、唐木殿」と、政宗は応じた。

二の間の襖障子が左右に開けられ、唐木得兵衛とその背後の数名の侍たちを大衝撃が見舞った。

「こ、これは」と、唐木得兵衛はのけぞった。顔から、みるみる血の気が引いてゆく。

「お客様が踏み込んで参り申したよ唐木殿」

政宗は穏やかに声をかけた。

「う、上様。お怪我はござりませぬか」

震え声の唐木であった。

「この通り無事じゃ。それにしても、気付くのが少し遅いぞ得兵衛」

「も、申し訳ございませぬ。この責めは……」

「腹など切れとは言っておらぬ。そういう野蛮(やばん)な習慣に、余は興味ないわ。それよりも指出(さしで)の間(ま)に控えておる美咲(みさき)たちが気になる。見て参れ」

「はっ」

唐木たち警護の侍は、回廊を指出の間に向かって走った。

鶯張りの回廊が、さわがしく鳴る。

「あれほどうるさい鶯張りの回廊を、こ奴等、いかにして白書院まで忍び入ったのであろうかのう大納言殿」

そう言って、自害して果てた四人を見つめる将軍家綱であった。

「こ奴等は恐らく忍び侍でありましょう。修練を積み重ねた忍び侍にとって、目指す場所に忍び入るなどは、たやすきこと。天井もあらば床下もあり。あるいはこの二条の城の番士を装って堂堂と入ってくることも……」

「ふむう……余は宗冬の親爺殿に一度、忍び侍なるものは実在するのかと訊ねたことがあった」

「上様は、江戸城に勤番せし忍び侍をご存知ありませぬのか」

「知らぬ。誰が忍び侍とやらなのか余には判別できぬ。見方によっては大老や老中までが、忍び侍に見えるわ」

「ははは。それはありますまい。で、上様の疑問に、柳生宗冬様は、どのように御答えなさいましたか」

「江戸城も御三家も諸大名も、数に違いはありこそすれ忍び侍を抱えていると教えてくれよった。また、忍び侍は組織の下級にあって何段階もある上級者の厳正な管理監督下に置かれているゆえ、幕府の頂点に在わす将軍は詳しく知る必要もない、とも……」

「なるほど。幕府の合議制組織が熟成しつつある観点からは一理ございまするな。すると上様は、粛清府懲罰班という組織を、もしや御知りにならないのでは？」

「粛清府懲罰班？……なんじゃ、それは」

「やはり……」と、政宗の目がやわらかく光った。

「何が、やはり、なのじゃ」

「いや、ごく小さなことでございまする。柳生宗冬様が申されましたように、幕府の頂点に在わす将軍家綱様が、お知りになる程のことではございませぬ。お気になさりませぬよう」

「大納言殿が、そう申すなら……」

「私が知る限りでは、最大最強の忍び侍集団を抱えているのは柳生家。つまり柳生宗冬様。しかし上様の御教育係とも申すべき宗冬様が、この二条の御城へ忍び侍を放つようなことは、まかり間違ってもなさりますまい」

「宗冬の親爺殿は大剣客だが出世嫌いでな。余の勧めるままの加増を受け入れておれば、今頃は五、六万石の大名になっていた筈じゃ」

「千七百石の加増を受諾なされ、ようやく一万石大名の朱印を拝受なされたのは、確か昨年十一月のことでございましたな」

「大納言殿は何でもよく存じおるのう。その通りじゃ。それも渋渋(しぶしぶ)とな。宗冬の親爺殿は、まったく変わっておるわ」

「いや。剣客は大名になるべきではない、という宗冬様独自の不文律と申しますか、条理のようなものが恐らくございますのでしょう」

「うん。それはある。柳生宗冬というよりは、柳生家そのものにあるようじゃ。将軍家の記録によれば、わが父三代将軍徳川家光は、寛永十八年に大剣聖であり大目付であった今は亡き柳生宗矩(むねのり)に、大和国高取城五万石を与えようとして、あっさりと断わられておる」

「なるほど。父柳生宗矩様の意志を、宗冬様は継いでおられましたか」

二人が声を控え気味にそこまで話し終えたとき、二の間の外で「上様……」と唐木得兵衛の呼びかけがあった。

家綱と政宗は振り返った。

いつのまにか鶯張りの回廊に唐木得兵衛ほか数名の侍が正座し、彼等に囲まれて柳生の女忍び三名が胸の上で両手を合わせ横たわっていた。

「ご覧なさりませ上様。唐木殿たちが少し心がけただけで、鶯張りの回廊はいささかも鳴りませなんだ。柳生の女忍び三人は、近付いてきた刺客に気付かず、一撃のもとに殺られたのでござりましょう」

「う、うぬ……」

将軍家綱は、四の間から二の間へ足を進めた。足早だった。

政宗が、ゆっくりと従う。

「許せ美咲。御座の間そばに、居させておくべきであったわ」

胸をひと突きにされている三人を見て、将軍家綱は肩を落とした。

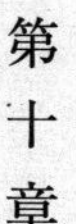

第十章

一

「唐木殿。白書院におけるこの騒動は、絶対に城外へ、いや白書院の外へ漏らしてはなりませぬ。困難を伴うでしょうが、隠密裏にこの場を清めて下され。障壁画の復元にはこれを手がけた狩野一門の守秘を約束させた上での協力が要り申す。御用達の畳屋も勿論のこと」

政宗は唐木得兵衛に、控え目な声で告げた。

「はい。この唐木得兵衛、必ずや手ぬかりなく遣り遂げて御覧に入れまする」

「何事もなかったのです。何事も……くれぐれも、そうして下され」

「承知いたしました」

「それからな得兵衛……」

と将軍家綱が政宗に代わって、唐木に声をかけた。

「湯殿に二人分の着替えを用意しておいてくれぬか。余は血を浴びてはおらぬが、矢張り着ているものを清めたい」

「心得ましてございまする。湯殿まで人目につかぬよう手配り致しておきまする」

「うむ。頼むぞ」

「はっ」

唐木得兵衛の手で、二の間の襖障子が閉じられた。

侍たちの足音が、かすかに遠ざかってゆき、静けさが直ぐにやってきた。

「大納言殿。この騒動、繰り返し起こってほしくはないのう」

「起こらぬよう祈るしかありませぬ」

「それにしても、そなたの剣、尋常ではない。この現場を見れば宗冬の親爺殿とて驚くじゃろう。一体誰から学んだ、何流の剣法なのじゃ……と訊ねても答えてはくれぬであろうな」

「湯浴びが済めば私はいったん、二条の御城から離れまする」

「それでは再び侵入する者あらば、余は……」

「忍び入った十七名もの手練れ刺客が戻らぬとあらば、見えざる相手も直ぐに二の矢は放ちますまい。無理をすれば自分たちの素姓が露見する、と考えましょうから」

「それもそうじゃな」

「万が一の場合は上様、剣をお取りなさいませ。柳生宗冬様は恐らく、将軍ご自身の命を護る防禦・攻撃の剣法を教えて下されているはず」

「しかし……」

「両の手に出来たその木刀胝(だこ)は、なかなかのもの。自信をお持ちなされませ」

「自信をなあ……」

「湯は、どうぞ上様からお先に……」

「いや、大きな湯槽(ゆぶね)じゃ。共に浸(つ)かろうではないか」

「共に、でございまするか」と政宗は思わず苦笑した。

「生と死の間(はざま)に立たされた仲じゃ。大納言殿の背を、余に流させて下されい」

「それは、あまりにも……」

「なんの。余に男色の趣味はないから安心なされよ。さ、参ろう大納言殿。湯殿は直ぐ其処(そこ)じゃ」

妙なことになってきたと思いながら、政宗は将軍家綱と共に湯殿へ向かった。

所司代永井伊賀守に依頼されて、やむなく引き受けた〝大老警護〟であった。務めの過程で大老酒井雅楽頭忠清と顔を合わすか、一言二言話を交わすことくらいはあるやも知れぬ、とは思っていた。

それが将軍家綱の命を救い、共に湯に浸かることとなってしまったのだ。

さすがの政宗も、この予期していなかった〝湯縁〟に、いささか戸惑った。

無理もない。相手は徳川幕府の御大、その方なのだ。政宗が、東海道五十三次を旅して、是非にも会おうとしていた最高権力の座にあるその御人である。

が、とにもかくにも政宗は、四代将軍徳川家綱と共に、ゆったりと張られた湯に心地良く体を預けた。

「のう、大納言殿」と、家綱は自分の肩に掌で湯をかけた。

「はい」

「わが亡き父、三代将軍家光の妹つまり私の叔母殿和子が後水尾天皇のもとに入内したのが今から五十年前の、元和六年六月十八日。その日を契機として徳川幕府は朝廷に対する統制を何かと強めて参った」

「誰もが知るところでございます」

「朝廷の伝統的な役割でもあった官位制度や改元にまで口出しするようになり、そのこと自体を幕府権力による全国支配に役立ててもきた」

「その通りです」と、淡淡とした口調の政宗であった。

「今の帝であられる霊元天皇も後水尾法皇も、それに叔母殿、あ、いや東福門院皇太后　源和子様も徳川権力の非情さを、心から悲しく思っておられることでありましょう。のう、大納言殿」

「ええ。今さら改めて申し上げる迄もなく」

「これは大納言殿、手厳しい……」

「ははは、お許し下さりませ。しかしながら、公家衆法度や禁中並公家諸法度など次次と発布せし幕府法度と、天皇綸旨とが抵触している部分、を打開せんとして、幕府法度の位置付けを綸旨の上とする諸策諸方針を執拗に放ってこられた事は周知の事実」

「そうよのう……耳の痛いことじゃ」

「家綱様の肩に乗っておりまする征夷大将軍と申すのは、本来は軍の最高指揮官……決して政治の指揮者ではありませぬ」

「左様。そして幕府というのは政治の本拠地と言うよりは、軍の本拠地」

「その軍の最高指揮官である征夷大将軍に対し、鎌倉、室町、江戸の時代を通じて朝廷は、重要で大きな権限・役割を委任するという習慣を、迂闊にも繰り返して参りました」

「う、うむ……」

家綱は、また掌で肩に湯をかけた。湯がチャプンと鳴って白い湯気を立てる。

政宗の物静かな言葉が続いた。

「朝廷のその委任の習慣を、徳川家はものの見事に全国支配の道具として利用し、さらには弾圧的な朝廷工作を次次と放って、政治の場から天皇を、いや朝廷自体を遂に遠ざけてしまいました……その結果として、四代将軍家綱様が今此処にこうしていらっしゃいまする」

「うーん……徳川一族は……悪者なのかのう」

「いやいや、善い悪いの問題ではありませぬよ。純真な朝廷が、海千山千の徳川一族との駆け引きに負けた、ということでござりましょう。過去の歴史でも同じような事が繰り返されておりまする。もはや家綱様が悩んだり迷ったりしている場合ではありませぬ。一層安定した政治を心がけて下さいませぬと、再び覇を競う戦国の世に戻りなどすれば、大勢の者が犠牲となりまする」

「大納言殿の申される通りじゃ。政治に全力を投じようぞ。ところで、余の頭の中には将軍家、御三家、親藩のうち、かなりの者の官位が記憶されているのじゃが、武家で大納言と申せば尾張徳川家と紀州徳川家のみ。水戸徳川家でも中納言じゃ。親藩最大の越前松平家にしても正四位上・侍従ぞ。そなたの大納言という官位は一体……」

政宗は家綱のその言葉を聞き流し、無言のままザアッと湯音を立てて浴槽から上がった。

(ま、まて……)と言いかけて、湯から右手を出した将軍家綱であったが、諦めたように天井を仰いで小さな溜息を吐いた。

二

政宗は湯殿に用意されていた上物の着物を着て、白書院を後にした。品のある藍染め地に小さな白い花弁を散らした着流しであった。寸法も誂えたかの如く、ぴったりである。粟田口久国の柄の血汚れも、政宗自身の手で綺麗に清められていた。

黒書院、蘇鉄の間、大広間、式台と順に過ぎたが、その間に御殿女中や茶坊主はもとより一人の侍の姿も見当たらなかった。

ただ回廊と外界を仕切っている杉戸障子の外側には、警備の者による緊迫感が連続しているのが判った。

(見事ぞ。唐木得兵衛殿)と、政宗は感心した。

御殿玄関を設けている最大の殿舎〝遠侍〟まで来ると、その唐木得兵衛が数名の武士を従えるかたちで回廊端に沿って正座をしていた。

「一度退がり、改めて登城しますよ唐木殿」

「宜しく御願い申し上げまする」

唐木が平伏し、他の侍たちもそれを見習った。

政宗が懐手で遠侍の車寄を出た。風呂あがりの体に、そよっとした風が心地よかった。

城内のそこかしこに楓(かえで)やモミジが植えられていたが、色付きの兆しを見せ始めた紅葉屋敷に比べて、此処は青青としておりまるで若葉のようであった。

城外へ出るには、先ず唐門を潜り、次に東大手門を抜けねばならない。

政宗が唐門に向かって歩いていくと、妙な現象が生じた。そこかしこに立っている二条在番の侍たちが、政宗の姿を認めて一様にハッとした態度を取り、次に深深と頭を下げるのだった。

政宗は「はて?」と思いつつ、切妻造り、檜皮葺(ひわだぶ)き四脚門の唐門の外へ出た。二条在番の侍たちに、深く頭を下げられるほど自分の身分素姓が知られているとは思えなかった。共に湯に入った将軍家綱にさえも、素姓は知られていないし、唐木得兵衛もむろん知らぬ筈(はず)である。

唐門を出て東大手門へと近付いていくと、大手門手前の番所に詰めていた番士たちが、これもまた一斉に威儀を正して、深深と頭を下げた。

(さてさて妙な……)と思いつつ、政宗は東大手門を抜け城から出た。

城門の前には番士が向こう向きに立っていて、これは背後方向から近付いてきて城を出て行く政宗に、とくに関心を示さなかった。

が、それは擦れ違う瞬間までのことで、矢張りハッと気付いたような態度を見せ、丁重に頭を下げた。政宗の背中に向かって。

二条城の前は北から南へと伸びる堀川通で、その通りの向こうには城と対面するかたちで豊後・杵築藩京屋敷、大老酒井忠清京屋敷、備中・松山藩京屋敷、肥前・唐津藩京屋敷などが建ち並んでいる。この四大屋敷だけで、二条城の堀川通に面した濠の長さにほぼ等しいから、その広大さが知れる。

城を出た政宗が堀川通を横切って南へ足を向けたとき、肥前・唐津藩京屋敷の南角から馬の手綱を引いた一人の侍が現われて、腰を折った。

政宗は（これはまた……）と思ったが、さり気ない頷きを返して、ゆっくりと近付いていった。

所司代永井伊賀守尚庸であった。供侍は連れていない。

「御苦労様でござりました政宗様」

「私がこの刻限に下城すると、お判りでありましたか」と、政宗は驚きの表情を軽く繕って見せた。

「いや。万が一に備えてと、政宗様のために馬一頭を用意して、信頼厚い所司代の筆頭与力ひとりを、つい先程までこの屋敷角に待機させており申した」

「左様でございましたか。お忙しい伊賀守様自ら馬の手綱を手に、お姿を見せられたのでいささか驚きました」

「なに。あまり疲れさせては、このあとに支障があると、筆頭与力と交代したところでございまするよ。誰彼に任せる訳にはゆきませぬので」

「お気配り、いたみ入ります」

「城中、とくに変わった事はございませなんだか」

「ありませぬ。穏やかでございました」と、政宗は偽った。用心のためであった。白書院へどのような経路で刺客が忍び入ったか判明するまでは、気を許せる相手を最小限に絞り込んでおく必要がある、と考えたからだ。

「で、これからどちらへ？」

「一、二か所、訪ねたい所があり申す。陽が落ちる迄にそれを終え、また戻って参りますゆえ」

「では、この馬をお使い下され」

「かたじけなし。助かります」

「酒井様は旅の疲れを癒しておられまするか」

「はい。つい先程、お湯に入られ、そのあと床に就かれました」

「それはようございました。さ、この馬をどうぞ」

「それでは拝借」

「くれぐれも陽が落ちる迄に、お戻り願いたく」

「心得てござる」

政宗は馬上の人となるや、肥前・唐津藩京屋敷の南側の通り――御池通――を、東へ向けて走らせた。往来の人人に注意を払いながら。

「まこと摑めない凄い御方じゃ。剃刀のようでもあり白い花びらのようでもあり仁王のようでもあり……それにしても、あの藍色染め地に白い花弁の着流し……たいそう似合っておいでじゃが、その意味に気付いておられるのかのう」

永井伊賀守は呟きながら、次第に遠ざかってゆく人馬を、身じろぎもせずに見送った。

その眼差しが、心なしか肉親の者を見送るかのような温かさであった。

政宗は鴨川に架かった三条大橋の中ほどで、馬の手綱を引いた。

河原歌舞伎の小屋が張られた河原は、行商人の屋台なども立ち並んで大変な賑わいであった。演じられている武蔵坊弁慶は大評判で、幼いテルが見事な子役をつとめ連日大喝采を浴びていることは、政宗の耳にも届いている。

「頑張れよテル」

まだ観ていないテルの熱演を脳裏に思い浮かべながら、政宗は馬の腹を軽く蹴って三条大橋を渡り過ぎ、直ぐ右へ折れて大和大路通に入った。

「この通りも、料理茶屋が目につき出したのう」

呟きながら、彼は馬足を少し早めた。

胡蝶の前まで来て、しかし政宗は馬から下りずに辺りを見回した。

それから界隈を二度、三度と検て回った。これといった異常はなかった。不審な人物も見当たらない。

「はいようっ」

政宗は馬首を再び三条大橋に向けた。

大橋を渡り、三条通を室町通と交わる所まで来て、彼は手綱を右へ引いた。

馬は室町通を北に向かって、小駈けに走った。人の往き来や飛び出しがあるため、全力疾走はさせられない。

紅葉屋敷の手前まで来ると、空の小さな大八車を引いた老百姓の松三とその妻チイが、喜助とコウに見送られ四脚門から出てきた。

「やあ、松三さんにチイさん……」

「これは若様。今日は大根や葱、それに早成りの壬生菜などを届けに参りましてございます」

「早成りの壬生菜とは珍しいのう。いつもすまぬな松三さん、チイさん」

「何を申されまする。子のない私たち老夫婦だけの生活。採れ過ぎると食べ切れませぬ。どうか味わって下さいまし」

「遠慮なく頂戴しよう。だが、いつも申しているように、ただで頂戴する訳にはいかぬ。たとえ少しなりとも受け取って貰わぬと。なあコウよ」

「そうでございますとも。でも松三さんもチイさんも、若様ご存知のように、ここにいる喜助さんに負けぬほど頑固でございまするから」

「はははっ。喜助に負けぬくらいにのう。仕方がない。そのうち私が何か手土産でもぶら下げて、松三さん夫婦を訪ねることに致そう」

「それでは若様」と、松三夫婦は目を細め、にこにこと笑みをこぼしながら政宗に背を向け、歩き出した。

政宗は下馬し、手綱をコウに預けて四脚門を潜った。

玄関を入り、長い廊下を母千秋(ちあき)の居間の前まで行って正座をし、障子の向こうへ声をかけた。

「母上、政宗ただいま戻りました」

「お入りなされ」

政宗は障子を開け、母の居間へ入った。居間は奥に向かって二間続きとなっており、普段は間を襖で仕切られている。

この日、その襖は開けられ、千秋は裏庭に面した西向きの奥の間にいて、差し込む秋の西日を浴びながら短冊に筆を走らせていた。

その西日に染まった広縁に、桃太郎(ももたろう)がキッとした顔立ちで、座っている。

「桃、何事もなかったか」

大丈夫、と言わんばかりに桃が低く唸(うな)って、政宗に尾をひと振りした。

「何事もございませんことよ。二条の御城の仕事が済んだにしては、少し早過ぎませぬか」

千秋が筆と短冊を文机に戻して、政宗と顔を合わせた。

「いつも思うのですが、茜色の西日や夕日の中に在わす母上は、本当に近付き難い程の美しさでいらっしゃる。子でありながら、思わず見蕩れまする」

「これこれ。子が母をからかうものではありませぬぞ。その言葉を待ち遠しく思うている若い女子殿が、どこぞにいよう程に、それを忘れなさいまするな」

そう優しくしとやかに言い終えた母千秋が、「おや？」という表情をつくった。

「政宗、いま気付きましたが、その着物はどうなされたのじゃ」

「城務めにはこれがよい、と番士頭に勧められ着替えました。直ぐにまた二条の御城に戻りますゆえ、この着流しのまま下城したのですが」

「番士頭に、その着物を政宗に勧めるほどの権限など、あるとは思えませぬ。そのような着物を着て城外を出歩いても宜しいのかえ」

「どういう意味でございますか」

と、政宗は何気なく着物の袂を胸の前あたりにまで上げ、いくぶん怪訝そうに袖を眺めた。

とたん「あ」と小さな声が、彼の口から漏れた。

なんとよく見ると、藍色地に染め散らされた小さな白い花弁の中に、さらに小さく葵の御紋が染め抜かれているではないか。一見そうとは見えぬ白い花弁であったが、まぎれもなくそれは徳川一門の家紋であった。つまり、誰でもが気やすく着れる物ではなかったのだ。

「これは参った……」と、政宗は苦笑した。本当に〝参った〟の苦笑いであった。

「参った、とはどういう事なのじゃ政宗」

「母上。これには理由がございまする。それを打ち明けるには、先ず今回の城務めを無事に終えねばなりませぬ。暫し時を下されませ」

「それは一向に構いませぬが……徳川一門の家紋が入った着物を、そなたに着てよしと許せるのは、四代将軍家綱様か御三家あるいは親藩の殿様だけのはず。そなた、もしや二条の御殿で……」

「母上、今はそれ以上申されまするな。この政宗を、お信じ下さりませ」

「信じておりますとも。その着流しを裏切ることのなきよう、きちんと御城務めを果たしなされ。まかり間違えば、火の粉が仙洞御所にまで飛びまするぞ。それだけは、あってはなりませぬ」

「御忠告、有難うございまする」

「で、大切な御城務めの最中(さなか)、何用あって戻って参ったのじゃ」

「紅葉屋敷の安全を確かめに戻っただけでございまする」

「それなら、頼りになる桃太郎がいてくれるので大丈夫じゃ。それにのう、所司代の与力同心と名乗る御侍方が、一日のうち何度か様子を見に訪ねて下さっておるのじゃ」

「間違いなく、所司代の者でしょうか」

「はじめは永井伊賀守様が配下の御侍三、四人を伴なって訪ねて下されてのう。その御侍方が交代で顔を出して下さっておるのじゃ」

「そうでしたか。それならば、一応は安心でございますな。では私は、御城へ戻ります」

「お気を付けなされ。手の甲の薄ら傷、油断なく大事にのう」

　見抜かれた、と政宗は思った。この愛する美しい母には本当にかなわぬ、とも思った。頭が上がらなかった。

政宗は二条の城へ戻った。

三

二日目の、将軍家綱——薄絹覆いで顔を隠した——と諸大名家、高僧たちとの大広間に於ける接見は、つつがなく終った。恐れていた事態は、起こらなかった。接見を済ませた諸大名家、高僧たちは、果たして相手を誰と認識していたのであろうか?

いずれにしても歴史にその痕跡（こんせき）を残さぬ〝幻（まぼろし）の接見〟であった。

一日の間を置いて、その次の日が家綱の御所訪問である。朝幕関係をどのように修復し、どれほどの信頼関係を築けるか、正念場であった。

政宗の役割は、諸大名家、高僧たちの登城の日までであったから、無事に一日を済ませて夕刻、彼は下城した。

あの着流しのままである。

東大手門を出て堀川通を、大老酒井忠清の京屋敷の前まで来たとき、後ろから駈け追ってくる足音があったので、政宗は立ち止まって振り向いた。

唐木得兵衛であった。

終日、大広間の帳台の間に忍び控えていた政宗は、唐木と間近に顔を合わせることのない一日であった。

唐木は少し息を弾ませながら、頭を下げつつ言った。

「政宗様、本当に有難うござりました。どう、お礼を申し上げてよいか、感謝の言葉が見つかりませぬ。本当に有難うござりました。この通りです」

「頭を上げなされ唐木殿。東大手門は直ぐそこ。人の目がござる」

「は、はい」と唐木は頭を上げた。

「私の役目は終り申した。初日は大騒動となったが、今日の接見は何事もなく済み、ようござったな。公方、いや大老酒井様には挨拶もせず下城したこと、お詫び申して下され」

「最後の高僧との接見を済まされた御大老は、暫くして頻りにどなた様かを探している御様子でした。言葉には御出しになりませんでしたが、政宗様を御探しになっておられたのでは、ありますまいか」

「大広間の帳台の間と続きになっている槍の間に出て、式台北側の回廊を抜けて殿舎の外に出たので、御大老とは顔を合わさなんだ。無作法であったかな」

「滅相も。本来なら我ら警備の側衆は揃って槍の間に詰めるべきでござりましたが、側役割の全てを政宗様に御任せし、我らは目立つ場である回廊に控えておりました。申し訳ございませぬ」

「なんの。それで宜しかったのじゃ。明後日は、いよいよ御所ですな。油断なく用心の上にも用心して御務めあれ」

「はい。ところで政宗様。これより二条の御城へ戻り、酒井様の御酒の相手などして戴けませぬか。これ、わたくしの独断でございまするが」

「いや。帝にお目にかかる日を明後日に控え、酒井様には一人熟慮なさるべきことが多い筈。私はこのまま帰らせて戴こう」

「左様でございまするか。あ、それから昨日今日の御務め料でございますが、京都所司代より百両が御手渡しになると存じます。どうか御受取りになって下さいませ」

「要らぬなカネなどは」

「あ、それでは私が困ります。なんとしても御受取り下さり、明日塾の子供たちのためにでも御活用下さりませ」

「お主……」

「はい。明日塾のこと、所司代永井伊賀守様より伺いましてございます。あ、それ以外の事につきましては、私、何も存じ上げませぬし、伊賀守様も何もお話しになってはおられませぬ。ただ、政宗様が貧しい子供たちのため明日塾に熱意を注いでおられる、とだけ」

「そういうことなら、遠慮なく頂戴しておこう」

「それで私の務めが果たせたことになりまする。忝のうございます」

「左様か。ではこれでな唐木殿……」

「ご免下さりませ」

腰を折る唐木得兵衛を残して、政宗は歩き出した。

頭上の空は一面、秋の夕焼けであった。一日多忙を極めた商人たち、職人たちが茜色の下を住処へと急ぐ姿が目立つ。

日没後の京は危険だ。凶賊女狐の雷造一味は未だ捕まっていない。

堀川通を、所司代堀川屋敷そばまで来た政宗は、辻を右へ折れて竹屋町通に入った。夕日が彼の背に当たって、藍染め地に白い小さな花弁を散らした着流しが、絵のように浮き上がって通りに長い影をつくる。

政宗に見向きもしないで行き過ぎる商人たち、「こんばんは」と軽く頭を下げて走り過ぎる職人たち。京の一日は終りかけていた。

政宗は竹屋町通の七つ目の角を、左へ折れて室町通に入った。この通りには呉服商が多く、そのまま真っ直ぐに進めば紅葉屋敷に着く。

呉服商の表戸は何処も、閉じ始めていた。

「こら多吉、また二番閂を忘れてるやないか」

「すんまへん番頭さん」

「晩飯をやれへんぞ」

「気い付けますよって」

そのような遣り取りが、どこからともなく聞こえてきたかと思うと、政宗の頭の上を烏が一羽「カアッ」と鳴いて飛び去った。

「嫌な鳴き声やなあ」と、別の方向から舌打ち混じりの声が聞こえてくる。

政宗は間口の狭い――京商家の間口はどこも狭いが――一軒の小さな呉服屋へ入っていった。

「あ、これは若様。いつも有難うさんでございます」

「そろそろ店じまいだな」

「はい。日が暮れますと御客さんも途絶えますよって、今から表を閉めようかと思てたとこだす」

いかにも嬉(うれ)しそうに目を細めて政宗を迎えた、頭が真っ白な老主人であった。

その老主人の伊奈平(いなへい)が「ここは京で一番小さな貧乏呉服商」と言い切る常陸屋(ひたちや)であった。その通り店に座っているのは伊奈平ひとりで、番頭や手代、丁稚(でっち)と言った奉公人は置いていない。この常陸屋が松平家の御用達である。

「さ、若様。どうぞ座敷の方へ」と、開いていた大福帳を閉じて文机の脇へ押しやった。

「いや、今日は店先でよい」

「そうおっしゃいませずに。ユイに美味しい茶を入れさしますよってに」

ユイとは、伊奈平の老妻だ。

「それよりも頼みがあるのだよ常陸屋」

「なんなりと……おや、若様。これはまた格の高い藍染め地に白花散らしの御着物を……」

帳場から政宗の方へ躙り寄って来た伊奈平が、急に真顔となった。が、その表情が驚きに変わるのに、時間は要らなかった。

「若様、こ、これは葵染めの白花散らし……」

「それ以上のことは申すな常陸屋。事情があるのだ。ここでこれを着替えたいのだが、私の体に合った何か適当なものはないかな」

「ございますとも。若様の元服前から、この常陸屋が着る物の御世話をさせて戴いているのですさかいに。店先では着替えも出来ませんよってに、ともかくこちらへ」

「うん」

常陸屋伊奈平は、帳場と壁ひとつ隔てて背中合せにある、店蔵へ自分から先に入っていった。政宗にとっては、元服前から出入りしている勝手知ったる常陸屋である。帯から二刀を抜き取って雪駄を脱いだ政宗は、伊奈平に続いて店蔵の中へ入っていった。

さして広くない店蔵だった。奥の突き当たりに頑丈な格子が嵌まった大き目の丸窓障子があって、その障子の上半分に夕日が当たり、まるで燃えているように真っ赤だった。

「もうじき日が沈みますよってに若様。急いで着替えを選びませんと」

「私の体に合ったものが、選ぶほどあると言うのか」

「ございますとも。実はこの常陸屋伊奈平、若様の御着物を誂えさせて戴きます時は、必ず同じものを一つ余分に作っておりますさかい」

「それは知らなんだ。すまぬな」

「これなんぞ如何がです？」

店蔵の棚は呉服で占められていたが、丸窓障子の右手に閂箪笥が置かれていて、伊奈平はその一段目から取り出した着物を政宗に差し出した。

「おお、これでよい」

「一昨年の秋に、御誂え申し上げたものでございます」

「そうであったな」

政宗は小さな葵の御紋が散らされている着物を脱いで、伊奈平が選んでくれた着物に着替えた。

両袖と両胸に小梅の実ほどの大きさの、家紋が染め抜かれている。

ほとんど目立たぬその家紋は、白菊。地味で控え目な染め抜き紋であった。

しかし普段、政宗は家紋入りの着物は着ない。

だが今は、長く付き合ってきた常陸屋伊奈平の勧めに、気持よく従う政宗だった。

「世話をかけたな。幾らだ、と訊いたところで申し訳ないがいささか手元不如意でな。明日にでも屋敷へ顔を出してくれぬか」

「ははは若様。お代なんぞいつでも結構でおます。着替えなさいました葵の御紋入りのこの御着物は、私が紅葉屋敷へ顔出しする時にでも、持って行きますよって置いていきなさいまし」

「そうよな。では、そうして貰おうか」

「誰にも見せまへんよってに御安心を」

「心配などしておらぬよ。常陸屋の口の固さは折紙付きゆえ」

「ところで若様……」

「ん？」

「若様が幼童筆学所(ようどうひつがくしょ)明日塾を設け、貧しい家庭の子供たちを教育してはることは先刻承知ですが、その塾に入るのは貧しい家の子でないと、いけませんのかな」

「その考えだけは崩したくないと思うておるが」

「噂によりますると、明日塾に通う河原に住み処を持つ子や夜鷹(よたか)の子の中から、抜きん出て優れた子が出はじめておるとか……」

「その通りだ。おそらく次の時代を背負う人物に育つであろう、と期待しておる子が幾人もいる」

「いまでは教授内容も、算術、漢学、習字から童子教(どうじきょう)、孝経(こうきょう)、三字教(さんじきょう)にまで及ぶとか耳にしておりますが」

「うむ」

「そのう……若様。あ、いや、矢張り止しましょう。若様に御迷惑を掛けることになりますよって」

「迷惑？」

「綾小路(あやのこうじ)通の両替屋へ嫁(とつ)ぎました娘の子が、もう少し賢(かしこ)ければと」

「これこれ常陸屋。可愛い孫をそのような寸足らずな尺度で眺めてはならぬわ。肝の太い常陸屋伊奈平らしくないではないか」

「これは耳の痛いことで」

「孫の年齢(とし)は確か……」

「四歳半でおます」

「ははは。これからじゃ、これからじゃ。心配いらぬわ。すでに何処かの塾へ通わせておるのか」

「いえ。五条通本覚寺そばの志政塾の塾頭先生に、通(かよ)いで家へ来て貰(もろ)てるようでして」

「志政塾とは、武家の子弟が通っている高名な塾ではないか。孫の今の恵まれた環境を、大事になされた方がよい。娘の嫁ぎ先への出過ぎた口出しは騒ぎのもと。静観なされよ」

「そうですな。いや、確かにそうですわ。これは若様に、一本取られましたな」

「そのうち盃でも交わそうか常陸屋」

「はい。喜んで」

「私の方から声をかけよう」

「お待ち申し上げます」

政宗は葵の御紋入りの着物を伊奈平に預け、常陸屋を出た。

四

常陸屋を出て暫く行くと、日が落ちて空に白い月が浮かんだ。広がっていた夕焼け空が、東の方から墨色に変わり出している。その変わりようが早い。

「今宵は満月か」

政宗は呟き、すっかり表戸を閉ざしてしまった呉服屋通を、懐手で北へ向かった。

日が落ちたばかりだと言うのに、通りには政宗を除いて一人の人影もない。野良犬さえも、うろついていない。いつ現われるか知れない凶賊女狐の雷造一味を恐れているからなのだろうか。

〽天の原　振り放け見れば　白真弓　張りて懸けたり　夜道はよけむ

政宗は万葉集の間人宿禰大浦の作を歌いながら、ゆっくりと足を運んだ。好きな歌であった。天の空を見上げてみると白い弓のような月が浮かんでいる。この分ならいい夜道を歩けそうだなあ……という意味であった。

その月明りが、やがて激烈な修羅の世界へ導くことになろうとは、予想だにしていなかった政宗だった。

彼の足が、ふっと止まった。何処からか、悲し気な、それでいておごそかな琵琶の音が聞こえてくる。

〽母はいずこぞ　母恋しやぁ
子はいずこぞ　わが子恋しやぁ
闇路に闇路を踏み越えてぇ　今日は三里あすは五里ぃぃぃ

雨に打たれてぇ　雪に流されてぇ
母はいずこぞぉぉ　子はいずこぞぉぉ

政宗は口ずさみながら歩き出した。先頃この京でよく耳にするようになった琵琶の音と詩であった。謡いながら政宗は、生みの母華泉門院と育ての母千秋を想った。心に染み込んでくる琵琶の音であった。

水戸徳川家の京屋敷あたりまで来ると、夜は一気に濃さを増し月明りが冴えて空には夕焼けの欠けらもなくなった。水戸徳川家のすぐ東側には公家衆屋敷、禁裏と続いているが、それらの黒黒とした大屋根が月明りの下、鷹が羽を広げたように見える。

政宗が近いうち明日塾が移ることになっている寿命院を左に見て過ぎ、武者小路を横切ったとき、少し先菓子舗と両替屋に挟まれた辻の角から人影が一つ現われて立ち塞がった。満月を背にしたその現われ方が物静かである。

二本差し（侍）であった。満月を背にしてはいるが、身なりは悪くないと判る。

だが顔は窺えなかった。

政宗は黙って相手を見据え、懐から両手を出した。歩みは止めなかった。

相手も、何も言わず動かない。

両者の間が、次第に縮まっていく。地面に落ちている相手の長い影の先端が、政宗の足先に触れる程になった。

それでも矢張り相手は無言。そして微動だにしない。刀に手をかける様子もない。

二人は、擦(す)れ違った。

政宗は振り返ることもなく、相手から離れていった。

相手も振り返らなかった。立ち去ろうともしない。

実は政宗が紅葉屋敷へ戻るには、相手が現われた辻の角を左へ折れる必要があった。

それが普段の道すじだ。

が、政宗には、それが出来なかった。

その証拠に、月明りを浴びている彼の秀麗な面(おもて)には、小さな汗の粒が浮き上がっていた。

政宗は、真っ直ぐに歩むことしか出来なかったのだ。辻を左へ折れておれば、その瞬間に斬られるかも知れぬ程の相手——政宗は、そう読み切っていた。

政宗が紅葉屋敷へ遠回りとなるかなり先の辻を左へ曲がったとき、それまで微動だにしなかった侍は、ようやく動いた。

静かに振り向いたのだ。

すでに政宗の姿は消えていた。

青白い月明りを受けた侍の面貌(めんぼう)は四十前後かと思われた。色は、浅黒かったが整った男らしい顔立ちである。そう、政宗と対照的なほど、男らしく野太い感じの端整な面立ちだった。

下卑た印象はない。むしろ品位に満ちている。

しかしその野太い男らしい顔に、政宗と同様、やはり小さな汗の粒が浮き上がっていた。

「凄い……抜いていたなら逆に……斬られていた」

侍は短い呟きを漏らすと、政宗が去った方角とは逆の方へ足早に歩き出した。

政宗は遠回りで紅葉屋敷の近くまで戻ってくると、月明りを頼りに辺りの様子を窺った。

だが、これと言って不審な気配はなかった。

「あの侍……一体何者か」

政宗は腕組をして首をひねり、四脚門へと近付いていった。侍は殺気を放っていた訳ではなかった。身構えていた訳でもなかった。ただ現われただけに過ぎない。

にもかかわらず政宗は、五体に滲み出す汗を抑えられなかった。

(免許皆伝どころではないな……あの侍)

政宗は、そう思った。

四脚門の潜り戸の前に立った政宗は、太い門柱に手をやった。幅三、四寸、長さ一尺半ばかりが小扉になっていて、それが外に向かって開き、刳り貫かれた中に麻で編まれた丈夫そうな綱が下がっていた。家人しか知らぬ綱であった。

政宗がそれを軽く引くと、遠くで微かにカーンと鐘の音がした。月夜にふさわしい、やわらかな響きであった。

すぐに、石畳を踏む足音が聞こえてきた。そして潜り戸が開き、喜助が顔を覗かせた。

「お戻りなされませ」

「何か異変はなかったか喜助」と、政宗は門内に入った。

「はい。とくにございません。桃も静かでございますし」

「そうか」

「ただ、小半刻ほど前より、東町奉行所の常森源治郎様がお待ちです。政宗様に大事な話があるので待たせて戴きたい、とかで」

「私の部屋だな」

「左様でございます」

政宗は玄関を入らず、石畳を踏んでモミジ隧道の下を庭の奥へと向かった。

庭池で鯉の跳ね落ちるポチャーンという音がした。

政宗は月明りで白く染まっている広縁に上がって、「源さん入りますよ」と障子に手をかけた。

「お帰りなさいませ。政宗様お留守でございますのに、厚かましく居座らせて戴いております」

「いやいや」と言いながら政宗は常森源治郎と向き合った。

二人の間には膳が一つあって、その上に銚子（ちょうし）が二本と煮大根の盛り付け鉢が一皿のっていた。

「冷酒（ひや）を先程、母上様より頂戴いたしました。まだ手を付けておりませぬ。政宗様から一杯いかがですか」

「今宵（こよい）は酒は止（よ）した方が宜しいな源さん」

「え？」

「綺麗な満月の夜だが、どうも嫌な予感がします」

「政宗様……」

「あくまで予感に過ぎぬが、酒は止した方がよい。命取りにならぬとも限らぬのでな」

「女狐の雷造一味でも現われましょうや？」

「かも知れぬ。あるいは、もっと恐ろしい奴かも」

「わかりました。今宵の酒は我慢いたしましょう」

「ところで、私に話があるとか」

「はい。実は旧大和・三笠藩について調べを続けました結果、大変なことが判って参りました」

「光明院跡から、津山早苗の亡骸でも見つかりましたか」

「いえ、それについては、まだなんですが……」

「では亡くなった旧藩主青山和泉守の忘れ形見の行方でも判ったと？」

「それです」

「ほう」

「今年で二十六、七になっている筈のその忘れ形見ですが、紀州徳川家の京屋敷に詰める村山寅太郎と判明しました」

「なに。村山寅太郎」

政宗はさすがに愕然となって、常森源治郎の顔を見つめた。

五

亥ノ刻過ぎ。

政宗は目を通していた伊勢外宮の神官度会家行の著作『類聚神祇本源』を静かに伏せると、立ち上がった。鎌倉時代の終りの頃の作で、朱子学に刺激されてジリッと台頭し始めた国家意識。その国家意識に注目する中から生まれたと言ってもよい神道思想、それが〝日本の神を主とし仏を従とする〟度会神道であった。

政宗は床の間へ行き、刀掛けの粟田口久国を手に取って鞘を払った。

刀をじっと眺めて、「いかぬな」と彼は漏らした。二条の御城の白書院で、あれほどの激闘があったのだ。さすがの名刀粟田口久国も、ごく僅かな疲労を刃の一、二か所に残していた。刃こぼれではなかった。疲労なのだ。これは常に粟田口久国を眺めている政宗にしか判らない。

彼は刀掛けに粟田口久国を戻し、襖を開けて奥の間に入った。

大簞笥の一番目の引出しを開けて取り出した大小刀を帯に通して、彼は広縁に向かった。帯に通した大小刀は、備前長船兼光と備前長船真長である。

政宗の手が障子に触れた。雨戸はまだ閉じられていないのか、その障子に月明りで木立の影が映っている。

政宗は、そのまま動きをとめた。耳を研ぎ澄ませているような、一点に全神経を集中させているような表情だった。

そして音立てぬよう、そろりと障子を開けた。皓皓(こうこう)たる月明りである。

桃太郎が、その月明りの中に蹲(うずくま)っていた。いや、身構えていた、と言い改めるべきであった。庭池の向こうの土塀を見つめて吼(ほ)えもせず、だが今にも飛び出さんばかりに毛を逆立てている。

政宗は庭に下り、桃のそばに行って背中をそっと撫でてやった。

桃は鋭い大きなキバを剝(む)き出していた。明らかに、闘いの準備をしていた。しかも怒り様(よう)が尋常ではない。

「いい子だ。お前は向こうを頼む」

政宗が囁いて母千秋の居間の方を指差すと、桃はのっそりと立ち上がるや広縁に上がって雨戸の向こうに見えなくなった。雨戸が閉じられていないのは、政宗の居間の北側と東側の二面だけだった。

満月の時、政宗はたいてい夜遅くまで、そうしている。

彼は、庭池の畔(ほとり)にあるアカガシの古木の陰に身を潜めた。

鯉も眠りに入っているのであろうか。池の水面は月を映して、ひと揺れもせず鏡のようだった。

梟が静けさを破って鳴いたが、それも一度だけだった。

刻が過ぎていく。

が、何事も生じない。アカガシの陰に立つ政宗は身じろぎもせず待った。

彼の五感は何かを捉えていたのか？　それとも桃の怒りを信じ、その対象が現われるのを待とうとしているのか。

政宗にとって〝待つ〟は、全く苦にならなかった。奥鞍馬に於ける修行時代、〝待つ〟は重要な修行の一つであった。狙う相手、狙われる相手が出現するまで、二日でも三日でも雑草の中、岩陰、原生林の中で待ち続ける真剣勝負を、鍛錬してきた。

いま彼は、アカガシと一体となっていた。

刻が、さらに過ぎていく。小波ひとつ立てなかった池の面が小さく揺れて、映っていた満月が歪んだ。鯉が何かを感じ目を覚まして泳ぎだしたのであろうか。

「来た……」

政宗が呟いた。

表門の方でドサリと音がしたのは、その呟きを漏らすのと殆ど同時だった。

彼は動かず目を凝らし耳を研ぎ澄ました。

塀の向こうに気配があった。気配としか言いようのない気配であった。人の集団のようでもあり、そうでもないようだった。足音などはなかった。

（忍びか？……）と、政宗は疑った。

彼は月明りを遮って暗いモミジ隧道の下を、表門へ滑るように向かった。

四脚門の内側は明るい。遮るものがないから青白い月明りが満ちていた。

政宗の足がとまり、彼の唇が引きしまった。四脚門の袖に当たる土塀の内側に人ひとりが俯せに倒れていた。

政宗は近付いた。両刀は差していなかったが、月明りに侍と判った。生きている様子はない。

彼は腰を下ろし、俯せに倒れている侍を抱き起こした。

政宗の目が、ギラリと光った。

息絶えている侍は、なんと唐木得兵衛であった。左胸をひと突きにされているが冷え切った体からの出血は、少ない。

おそらく死後かなり経ってから、土塀の上から投げ込まれたようだった。
政宗は立ち上がった。双つの目が、炎(ひ)を噴き上げていた。

第十一章

一

政宗は唐木得兵衛の亡骸に合掌すると、長径およそ二十間、短径約六間はある庭池の畔に聳えるアカガシの古木の陰に引き返した。先程よりもはっきりとした気配が、庭池の向こう、土塀の外にあった。

先程と違っていることは、その気配が散開したものではなく、土塀の一点に集中していることだった。

政宗の双眸が、豹虎のそれの如くアカガシの陰で光る。

（いよいよ乗り込んでくるか……）と、政宗は備前長船兼光の鍔に左手親指の腹を触れた。粟田口久国に劣らぬ渾身の出来の名刀であった。

政宗は、気配の正体は唐木得兵衛を殺害した者、と想像した。つまり早苗とその一党を抹殺せんとする勢力とは別の、二条城白書院の出来事に対する「反撃集団」であろうと思った。なにしろ唐木得兵衛の遺骸が土塀越し、邸内へ投げ込まれたのだ。

反撃の開始以外には、考えられなかった。何らかの不手際で「反撃集団」に捕えられた唐木得兵衛が、非道い責めを受けた挙げ句、政宗と紅葉屋敷の存在を吐いてしまった可能性がある。

政宗が備前長船の鍔に親指を触れたままアカガシの陰から出て、三、四間離れた巨木の陰へ静かに移った。

楡の巨木であった。下女のコウが神木視しているこの屋敷最古の樹木である。

政宗と土塀との間が、三、四間狭まった。

「動いた」

と、政宗が呟いた。それまで土塀の向こう側の一点に集中していた気配が、明らかに動き出したのを彼は捉えた。

と、月が一瞬流れ雲に遮られて、政宗の眼前に闇が下りた。瞬きするか、しない内の一瞬だった。その僅かな間に二つの影が宙に躍り、土塀を飛び越えた。飛び越えた寸前、月は輝きを取り戻して二つの影の背に青白い光を照射。

そして、ふわりと庭池の向こう側、築山の陰に着地した。コトリとした足音も立てない。

（やはり忍び……）と、政宗は確信した。だとしても、何処の誰に属する忍群か想像もつかない。将軍家の京屋敷でもある二条城白書院へ躍り込んで来た連中の同士であろうから、忍群最大最強の「柳生忍び」とは考えたくなかった。柳生忍びの頂点に立つのは四代将軍徳川家綱の剣術師範であり教育係でもある柳生飛騨守宗冬である。

その宗冬が、かような無謀を企む筈がないと思いたかった。

築山の向こうに着地した二つの影は、動かない。

気配さえなかった。完全に消し去っている。それに反し、土塀の向こうの気配は、よりはっきりと政宗に感じられた。

起騒入滅――侵入待機者は気配を露に出し、侵入遂行者は気配を完全に消す――手練の忍びが時に用いる手であることを、正宗は知っていた。邸内に待ち構えているかも知れぬ迎撃者の注意を〝散乱〟させるためだ。

政宗は、ほとんど息を殺して待った。相手が余程に優れた忍びなら、息遣いさえ察知される恐れがある。彼は、それに用心を払った。

月が再び流れ雲に短く遮られた時、（うっ……）と政宗の呼吸が、針の先ほど乱れた。月明りを取り戻した宙に、五つの影が一斉(いっせい)に舞い上がったのである。まるで黒猫であった。合わせて八十貫以上はあろう筈のものが地に着いたというのに、矢張り音ひとつ立てない。

土塀の向こうの気配は消えて、いや、無くなっていた。築山の向こうに着地した七名が侵入集団の全てであるようだった。

このとき、いつもの夜と違っているとでも感じたのか、大きな錦鯉が水面(みなも)を割って高高と躍り上がり、月明りの中キラリと体をくねらせて、頭から落下した。

ボチャーンという水音が夜陰(やいん)に響きわたる。築山の向こうでひと揺れ生じた気配を政宗は捉えた。

(よくやってくれたなシロ……)と、胸の中で呟く政宗の口元が闇の中で僅かに緩(ゆる)んだ。シロとは宙に跳ねた真っ白な大鯉のことだ。政宗は静かに、そうっと腰を下げた。周囲に全神経を払っているであろう相手に気付かれてはならなかった。

充分に腰を下げ切った政宗の左手親指が備前長船の鍔から離れて、左右の掌(てのひら)が地面に触れた。

両の掌が梅の実ほどの小石を摑(つか)む。冷(つめ)たい感触が掌(てのひら)から甲へと貫(ぬ)けた。

夜気を寸分も乱してはならぬ、と彼はゆるゆると立ち上がり楡の巨木を盾とする位置へ、ジリッと体を移した。額にも背中にも汗の滲み出ているのが判った。彼は体の前面部を楡に守られながら、投石の構えを取った。

そして投げた。政宗の直ぐそばに誰かがいたなら、それは極めてフワリと投げたかに見えたことだろう。だが小石は月明りの中を、一条の光の尾を長く引いて――そう見える程に――凄まじい速さで築山に向かった。

その直後を二つ目の小石が、光の尾を一層鮮明に引いて飛ぶ。

築山が二つの流石を浴び、植えられていた灌木の枝が甲高く折れ鳴った。とたん、数条の光の尾が猛烈な勢いで長径二十間はある庭池を縦に割って、政宗の盾になっている楡の巨木に集中した。

カンッカンッカンッと楡が黄色い悲鳴を上げ、月明りの中に木屑が弾け散る。

ほとんど間を置かぬ侵入者の反撃だった。

（気付かれていた……）と政宗が思った時、左の耳に針で刺されたような鋭い痛みが生じた。そっと触れてみた左手の指先に月明りを当ててみる。

鮮血が人差し指と中指の先を濡らしていた。生温かいそれが、首筋を小虫が這うように伝い落ちていくのが判った。

何故か、政宗の唇にうっすらと笑みが浮かんだ。恐るべき侵入者、と思うたが故の笑みなのか、それとも相手に取って不足なし、と思うての笑みなのか？

政宗は雨戸が開いている広縁の方を見た。侵入者がその広縁に上がるには、庭池の〝短径約六間〟の幅が邪魔をしていた。政宗の直ぐ目の前を走り抜けない限り、広縁には上がれない。

しかも、閉じられた雨戸の暗い中奥には、桃が鋭い大牙を剥いて低く身構えている筈であった。

政宗は再び腰を落として、小石を一つ掌にし、立ち上がった。

楡の巨木の陰から築山めがけ、それを投げた。

いや、投げようとしたその動作に対し、相手が凄まじい反応を見せた。月下を数条の光の尾が、小石を持つ政宗の右手に向かってきた。ヒョウッ、ヒョウッと空気を切り裂く音。政宗が反射的に楡の巨木に体を張りつけるのと、彼の直ぐ背後で桜の老樹が、カカカカンッと小槌で打ったように鳴るのとが同時であった。

相手にはこちらの動きが見えている、と政宗には判った。

庭池を挟んでの、月下の無言の対峙が再び続いた。

刻が重苦しく過ぎてゆく。

庭池がまたポチャーンと小さく音を立てた。水面に輪が広がって、そして消えた。

あとは静寂。何もかもが静止した静寂であった。月明りまでが止まっている。

が、いきなり爆発的な「動」が噴き上がった。政宗の右手すぐそこのスキが割れ、二つの〝黒影〟が躍り上がり烈風の如く斬り込んできた。

政宗の本能が反射的に備前長船を抜刀させ、地を蹴らせる。

楡と桜の間の低い中空で、三つの肉体が激突。備前長船が輝きつつ弧を描き、斜めに走った。鋼の打ち合わぬ無音の衝突だった。

三つの肉体が地に落ちるよりも先に、中空に血玉の花が鮮やかに咲いた。政宗が横転の姿勢で地面に叩きつけられ、そのまま楡の陰へと転がる。それを追って築山あたりで生じた光の尾が矢となって次次と襲いかかった。バシバシバシッと地面が唸り落ち葉が弾けた。

二つの黒影が落下したのは、なんとその光景が生じて終った後。落ち葉を死床として、月空を眺める黒影の目は、すでに閉じられていた。一瞬の死であったのか、苦悩なき表情である。

（うむ……）

呻(うめ)きを喉元で押さえた政宗は少し顔をしかめた。左手の甲の小指の下が縦に割られている。深くはなかったが浅くもない手傷であった。したたり落ちる鮮血が月明りで青赤い。

（強い……）と政宗は思った。力の差は薄皮一枚か、とも思った。にもかかわらず、痛みでしかめた顔の中で、彼の形よい唇はまたしても、うっすらとした笑みを見せていた。相手が強ければ強いほど、手傷を負わされれば負わされるほど、自身の内奥から容赦なき斬殺剣(ざんさつけん)を噴出させやすい、とでも言うのであろうか。

二つの屍(しかばね)を間近に置いて、政宗は次なる展開を待った。

彼には、まだ相手の位置が見えていない。築山の向こうへ侵入したと判っているだけだ。しかし築山の向こうに位置する筈の侵入者は、たった今すぐそこから鉄砲玉のように斬り込んできた。その接近の気配を、捉えることが出来なかった政宗である。

（相手は、まぎれもなく私が見えている……）と、彼は呼吸を止め一層のこと全身を研ぎ澄ませた。

次の刹那、彼が盾としている楡の巨木の反対側——僅かに一間ばかり向こう——から一つの黒影が激しく打ち込んできた。これも不意であった。余りにも不意であった。

月明りをギラリと反射した相手の刃が、危うく政宗の眉間に達しかける程の奇襲。

備前長船が眉間直前に峰を横たえ、ガチンと相手を受けた。

火花が散る。剛力の打ち込みであった。受けた備前長船の刃が、峰に加えられた圧力に圧されて政宗の眉間を切った。

手ごたえあり、と相手が瞬時に退がる。そこを見逃す筈のない政宗。一気に反撃を加えんと一歩を踏み出した。その出鼻へ稲妻のような突き技が突っ込んできた。

政宗は、よろめいて避けた。立ち直らせぬ、とばかり二の突き、三の突きと連続。

目の覚めるような、電撃的攻撃であった。手練であった。

眉間の傷から伝い落ちる鮮血が、政宗の右目を塞ぐ。

剛力黒影が、突き技から斬殺剣へと切り替えた。政宗の右肩口を狙って打つ、打つ、打つ、また打つ。夜気が鋭く泣いた、泣いた。

左眼の視界に頼り、政宗は懸命に避けた。避けながら、よろめいた。息が乱れてきた。

（おかしい……）と思ったとき、背中がドンッと桜の古樹に当たり、彼はグラリと前方へ上体を崩した。いや、意思に反して崩れた。

「くらえっ」

相手がはじめて低い声を発した。政宗の頭頂部へ凶剣が唸りを発して打ち下ろされる。

同時に政宗が相手の喉元へ備前長船を投げつけた。夢中であった。

予期せぬ政宗の反撃であったのか、黒影が「うっ」とたじろぎ気味に備前長船を切っ先で横へ払った。払ったが故に、脇が大きくあいた。

政宗が頭を低くしてその〝脇〟へ突っ込んだ。いつの間にか小刀備前長船真長を抜き柄頭を胸元に当てている。

ぶつかった。よろめきながら、しかし激しくぶつかった。備前長船真長がズブリと相手の脇に食い込む。

「ぐあっ」

熊かと思う絶叫を発してのけ反った黒影が、凶刀の柄頭で政宗の額を打った。政宗が押す。押しながら備前長船真長を、肋骨に沿って滑らせた。黒影が「うわわっ」と咆える。政宗が尚も押す。相手が凶刀の柄頭で政宗の額を狂ったように打った。月下に飛び散る血玉。政宗が押した押した。

のけ反る黒影の背を楡の巨木が受けた。備前長船真長の剣先が相手の背を貫き、楡の樹皮を割り裂いてミシミシミシと食い込んだ。

磔状態となってようやく、相手は鎮まった。

政宗が相手からよろめき退がり、いったん姿勢を正したが、そのまま棒のように後ろへ倒れた。

ここぞ、とばかり次の黒影が数間離れた庭池の畔で起ち上がる。

この黒影、右手に持った忍び刀が、ひときわ長い。

「桃ぉぉぉっ」

突然、政宗が叫んだ。

同時に黒影が走った。

もう一つの〝同時〟が生じた。桃が矢のように広縁から飛び出した。

黒影が凶刀を振りかざし、政宗に迫る。

桃が猛然と走った。大牙が月下に光る。

黒影が倒れている政宗の首筋へ凶刀を斬り下ろした。

桃が耳を倒し唸りながら地を蹴った。矢のように飛んだその体を宙の途中で半回転させ、凶刀を持つ黒影の右手首を下から受けるかたちで嚙(か)んだ。

黒影が「あっ」と声を発した時には、手首に深深と牙を食い込ませた桃の体が捻(ひね)るようにして一回転。大きく弧(こ)を描く桃の太い尾が政宗の胸を叩いた。

「うわっ」と黒影が悲鳴を上げる。手首の骨だけを残し、皮肉を食い千切(ちぎ)られて庭池の畔まで後ずさった黒影は、たまらずそのまま池に落下した。

桃が倒れている政宗のそばに四本の足を踏ん張って立ち、満月に向かって「うおおおんっ」と大咆哮を放つ。その牙に、倒した敵の皮肉がぶら下がっていた。

二度、三度、四度……そして五度と桃は吼えた。

すると、土塀の外で野犬が唸り吼え出して、たちまち天地鳴動と化した。

それで政宗暗殺を諦めたのかどうか、残った侵入者たちは次次と土塀を飛び越えた。

その彼等と野犬たちとの凄まじい乱闘の騒ぎが、庭内へ伝わってくる。

政宗が、かすれ声を出した。

「桃よ。不覚を取ったわ。奴等は刀や手裏剣の刃に、毒を塗っておった」

政宗の五体を痺れが覆い始めていた。

このとき広縁に薙刀を手にした千秋が姿を現わし月光を浴びた。屋敷内で騒動が生じた場合絶対に表に姿を出してはいけない、と政宗に約束させられている千秋であった。コウも喜助も、二人いる下働きの若い女たちも同様に約束させられている。そのコウや喜助たちも料理庖丁や鍬を手に、庭先へ姿を現わした。

「政宗、大丈夫かえ」と千秋が広縁から下り、周囲に注意を払いながら小走りに駆け寄る。白足袋のままであった。遅れじ、とコウや喜助たちも駆け寄った。

残敵の有無を確かめようとしてか、桃が用心深い足どりでゆっくりと築山へ向かった。

「母上。不覚を取りました」

「痛みまするか」と、千秋が着物の袂（たもと）で政宗の額を軽く押さえた。

喜助が腰から下げていた手拭（てぬぐい）を、手傷を負った政宗の左手に巻きつける。

「傷は大丈夫でしょうが、連中の刀や手裏剣の刃には毒が……」

「息が苦しいのですか」

「それも大丈夫です。ただ次第に痺（しび）れと眠気が……」

呟くように言って政宗は、瞼（まぶた）を閉じた。徐徐に体が冷えていくのが、自分でも判った。

千秋が隣にしゃがんでいる喜助に向かって言った。喜助と向き合う位置にコウも不安気に腰を下ろしている。

「喜助。すみませぬが順庵（じゅんあん）先生を急ぎ、呼んできておくれ」

「わかりました」と立ち上がろうとする喜助の肩に、コウが手をかけた。

「そのお役目、コウがお引き受け致します。長く馬の世話をして参りました私は馬に乗れますゆえ、疾風(はやて)をお貸し下されませ」

「おお、そうであったな。ではコウに御願いしましょう」

「それでは……」と、コウが立ち上がる。

「順庵先生が落馬せぬよう、気を配ってあげるのですよ」

「心得ております。疾風も賢い馬でございますから」

「まだ外が騒がしいようじゃから、裏門からそっと抜けてゆきなされ」

「はい」と頷(うなず)いて、コウは厩(うまや)の方へ走り去った。

二

政宗は遠くの方から近付いてくる話し声や足音を捉えて、瞼(まぶた)を上げようとしたが再び深い闇(やみ)の底へ落ち込んでいくのを感じた。苦しくはなかった。どちらかと言えば、心地よかった。

そういった状態を幾度か意識したあと、次は自分の体が戸板か何かに乗せられ、人の話し声に囲まれながら何処かへ運ばれていくらしいのを背中で捉えた。体が揺れているのも、比較的はっきりと感じられた。しかし、話し声は何を話しているのか判らない。ただ頭の中で三味線の弦のように響くだけだった。

そして再び深い闇の底へ引き摺り込まれていった。

どれほどの刻が過ぎたであろうか。

政宗は、チチッ、チチッと頭の片隅で生じた小鳥の囀りで、瞼を薄く開いた。

ようやく彼は、生きている自分を実感として捉えた。

首を少し右へねじってみると、障子に木の枝が映っていて嘴を触れ合っている二羽の雀の影が可愛かった。チチチチッと戯れている。

政宗は瞼を充分に見開いた。

「ん?」と、彼は眉を寄せた。障子の形がいつもの見馴れたものではなかった。

いや、障子だけではなかった。天井も、壁の色も、部屋の広さも紅葉屋敷のそれとは違っていた。

日当たりのよい明るい部屋ではあったが、これまでの自分の居間に比べて狭かった。三方を壁に囲まれていて、続きの奥の間はない。

政宗は静かに上体を起こし、もう一度周囲を見まわした。

六枚の畳と三畳ほどの板の間で占められた座敷だった。

畳だけは真新しいが、ひと目で「古い……」と判る座敷だった。床の間は付いていて、これまで自分が用いてきた刀掛けがそこにあった。

備前長船兼光と備前長船真長がそれに掛かっている。

部屋の片隅に、使い馴れた文机もある。

政宗は立ち上がって、よろめいた。頭の中はすっきりとしていて、曇りはなかった。毒が体内から充分に消え去っている、と判った。が、両脚に力が入らないことから、何も食べず相当長きに亘って意識を失っていたな、と思った。

政宗は静かに障子を開けた。障子に影を作っていたのは、すぐ間近にある白い花を咲かせた木で、雀が驚いて飛び去った。

「はて?」と、政宗は漏らした。見るからに古い広縁は充分な幅を持っていたが、白い花を咲かせた木の三間ばかり向こうは白壁の剥げ落ちた高い土塀だった。つまり紅葉屋敷とは似ても似つかぬ狭い庭だった。庭池もなければ、モミジもない。

「おお政宗、気がつきましたか」

隣の座敷から母千秋が姿を見せ、ホッとしたような美しい笑みを見せながら政宗に寄った。

「ご心配をお掛け致しました。まだ両脚にいささか力が入りませぬが気分は悪くありません」

「まる五日も眠っていたのじゃ。体に力が入らぬのも無理はない。いつでも粥を食せるようにしてあるゆえコウに持ってこさせましょう。もう暫く寝床に横になっていなされ」

「まる五日も意識を失っていたのでございまするか」

「順庵先生が三日の間、付きっきりで看病して下されましたぞ。元気を取り戻したなら、一番に先生を訪ねなされや」

「はあ……」

「明日塾のことは安心しなされ。寿命院の真開和尚と神泉寺の五善和尚には、所用で十日ばかり大坂へ、と伝えよく頼んでおきましたゆえ」

「相済みませぬ。面倒をおかけしました」

「さ、寝床に戻るがよい。額と左手の傷は心配ない、と順庵先生が申しておられた」

「あの、母上。この古びた住居は……」

「その話は、まず粥を食し順庵先生の薬を飲んでからじゃ」

母千秋は優しいまなざしを残して、政宗から離れていった。いつものように落ち着いた、母の様子であった。

(意識を失っている間に何事かがあった……)

そう思いながら政宗は布団の上に戻って横たわろうとしたが、思い直してもう一度広縁に出、雪駄を履いて庭に立ってみた。

どちらが東か西か見当もつかぬ、まぎれもなく初めて眺める庭であった。記憶の中から探しようもない、見たことのない庭の様子だった。

五、六間向こうに、小さな柿の実を鈴生りに付けた大樹が、土塀の外にまで枝を広げている。その柿の大樹の左手に政宗が背を屈めないと潜れそうにない、小さな古木戸があった。

政宗は広縁の端に沿って歩いてみた。が、足首に力が入らず、腰高の広縁の端に左手を突いて歩かねばならなかった。

角を折れると、広縁はその先二間ほどのところで尽きていた。

家の壁に沿うかたちで一回りして大凡判ったことは、敷地が紅葉屋敷の五分の一くらいで百五十坪程度、その敷地の中央に四十坪足らずかと思われる家屋がコの字形で建っていた。とにかく古い家屋で、屋根は茅葺でところどころにペンペン草が生えている。しかし薄黒く汚れている漆喰塗の外壁は固く頑丈そうで、崩れた部分は一か所もなかった。

表門は太い丸太が二本立っているだけの簡単なもので、その丸太に誰に頼まれたのか二人の大工が、両開きの扉を取り付けているところだった。

愛想の良い二人で、政宗と視線が合うと黙ってだが笑顔で腰を折った。

政宗が寝床へ戻ってみると枕元近くに膳があって、粥と里芋の煮たのが用意されていた。母千秋の姿もコウの姿もない。

政宗は一人で粥を食した。熱くもなく冷たくもなく、コウの気配りが行き届いた粥であった。

食べ終って順庵先生の薬を飲んだ時、「おかわりは？……」と母千秋が座敷に入ってきた。

「いや、結構です。一度に食べ過ぎると胃の腑が驚きましょうから」

「そう……」と、千秋が政宗のそばに座る。

そこへコウが盆に茶をのせて、「順庵先生に戴(いただ)いた宇治(うじ)の茶葉を用いてみました」と、やってきた。

「心配をかけたのであろうなコウ」

「一度や二度ではございませぬから、少しは馴れましたけれども……」

と言いながら膳の端に湯呑みを置いたコウの目に、みるみる涙が湧きあがった。

政宗は「すまぬ」と、頭を下げた。

コウが座敷から出ていくと、政宗は茶をひと口すすって「旨(うま)い」と呟いたあと、母千秋に向かって「ところで……」と切り出そうとした。

「この住居(すまい)のことじゃな」と、千秋が微笑む。

「はい。見たところ、紅葉屋敷にありました家具調度品などが、こちらに移されているようですが」

「これからは、紅葉屋敷に代わってこの雪山塾(せつざんじゅく)が、わたくし達の生活の場となりまするのじゃ。敷地も建物も随分と狭くなりはしましたが、母と子それに使用人四人を合わせた六人の生活の場としては、まだまだ恵まれていると思わねばなりませぬ」

「いま雪山塾と申されましたな母上」

「そなたも名前だけはよく存じておろう。朱子学者として、学問論理と切支丹の哲理を見事に融合なされて独自の境地を開かれたという、あの白鷺雪山殿の旧居じゃ」

「やはり左様でしたか」

「雪山殿がいま何処かの地で御健在なら、おそらく五十半ばは過ぎておられましょう」

「はあ……」と政宗の表情が少しばかり翳った。

今よりおよそ九十年を溯る織田信長全盛の時代、耶蘇会宣教師が、ポルトガル人によって日本に連れてこられたアフリカ黒人奴隷を信長に引き会わせた。かたことの日本語が話せたこの黒人をはじめて見た信長は大層気に入って、臣下に加えた。

やがて信長にとっての悲劇、家臣明智光秀による「本能寺の変」が訪れるが、この黒人は剣を取って信長を護ろうと懸命に闘った。

信長は無念の死を遂げるが黒人は助かり、光秀の寛大な裁きによって釈放された。

この黒人こそが、白鷺雪山の祖父に当たるのだった。雪山は妻を娶っていなかったが、彼の母は京の女性であり、祖母もまた京の女性であった。

白鷺雪山は艱難辛苦に耐えて学問に打ち込んだ甲斐あり、多くの門弟に囲まれるようになったが、しかし四年前、悲運は突然やってきた。

朱子学の論理と切支丹の哲理とを崇高な次元で融合させた「雪山思想」を幕府が危険視したのである。

幕府司直の手によって連行された論客白鷺雪山は、その日以来、行方が判っていない。死罪の裁きを受けたのか、遠島にされたのか、それとも幽閉されているのかさえも……。

政宗は「雪山捕縛に動いたのは所司代ではなく、江戸からやって来た司直」という当時の噂を、今でも覚えている。

「ですが母上……」

と、政宗は切り出した。

「わたくし達が紅葉屋敷を出て、この雪山旧居に住まねばならぬ理由は一体、どこにあるのですか」

「それは判りませぬ」

「判りませぬ？」

「五日前の騒動の後片付けは町奉行所ではなく所司代の与力同心の御役人たちがなされたのじゃが、その御役人たちが紅葉屋敷を去られたあと、所司代永井伊賀守様がお見えになられましてなあ……」

「すると所司代へは、こちらから通報を？」

「そうではありませぬ。知らせもせぬのに所司代の方から参られたのじゃ」

「なんと……で、伊賀守様は雪山旧居へ移ってほしい、と？」

「移ってほしい、という口ぶりではなく、すぐに移るように、という強い印象じゃった」

「ほう……」

「理由を訊ねたのじゃが、厳しい表情で、ただ黙っておられるだけで」

「すると、その日のうちに、家具など一切を此処へ運び込まれたのですね」

「所司代が手配りした八、九人の人夫がやって来て、あっという間になあ」

物静かな千秋の口調であった。端整な表情には不満も悲しみも表れておらず、淡淡としたものであった。

「住む場所が変わっただけじゃ政宗。幕府に押収されて空家となっていた雪山塾は所司代の管理下にあったゆえ、伊賀守様は家賃などはいらぬ、と仰せじゃ。有難いと思えば腹など立ちませぬよ」

「しかしながら紅葉屋敷は、わたくしと母上が法皇様から賜わったものではございませぬか」

「けれども、あの屋敷はすでに所司代の管理下に置かれています。もう私達の屋敷ではありませぬ。幕府のものでありましょう」

「それは余りな……」

政宗は絶句した。眠り続けた僅か五日の間に、余りにも激変した現実であった。

「住めば都ぞ政宗。体力が戻ったなら、雪山塾の周囲を歩いてみなされ。疑念や腹立ちなどは、たちどころに消えてしまいます」

「この新たなる住居を、母上は今後も雪山塾と呼ぶお積もりでございますか」

「お厭か？」

「いえ、べつに……」

「では、そう呼ぶことに致しましょう。異国人の血を受け継いだ白鷺雪山殿が、逆境に耐えて耐えて学問を極めた神聖な場所ぞ。雪山塾という名は残してあげましょう。たとえ所司代が、不承知、と申せども」

「わかりました」

政宗の表情が、少し和んだ。気のせいか、紅葉屋敷にいる時よりも、なお輝きを増しているように思える母の美しさであった。

（何歳になっても、私はこの母には勝てぬわ）

政宗は、そう思った。そして、そう思えることが嬉しかった。

「紅葉屋敷が幕府に押収されたとなると、今後の朝幕関係がまた心配です。後水尾法皇の出方を心配致さねばなりませぬな母上」

「この母もそれを心配して、そなたの名付け親でもある太政官正三位大納言六条広之春殿に宛、文を出してはおきました。紅葉屋敷へ多数の賊徒が侵入しましたゆえ、安全のため所司代の勧めに従って居を変えましたが、くれぐれも御心配ありませぬように、となﾞ」

「そうですか。六条様に宛、率直に書かれましたか」

「言葉を飾っても、いずれ真実は法皇様に知れること。それが遅くなればなるほど、朝幕関係はかえって深刻さを増しましょう」

「六条様は母上から受け取った文の内容を、直ぐに法皇様の耳に入れて下さいましょうか」

「さあ、どうであろうかのう。色色と深く考えなさる御方でありましょうから、六条様にお任せしておくが一番じゃ」

「そうですね。で、私が手傷を負うたことは？」

「それは書いてはならぬことじゃ、書けば六条様から聞かされた法皇様は心配の余り禁裏付与力同心の目を盗んででも御所を抜け出られましょうからなあ」

「この雪山塾の位置は、六条様に御教えになったのですか」

「隠せば余計に御知りになろうとするものじゃ。この通りの南角、などと詳しく御知らせすればかえって安心なさるというもの」

「まことに……実は母上、私もこの新たなる住居の位置は知りませぬ。雪山塾の名は随分と以前より耳にしてはおりましたが」

「慌てずともよい。体力が戻れば、界隈を歩いてみなされ、と先程申した通りじゃ」

「この五日の間に、雪山塾へ訪ねて参った者はおりましょうや」

「誰も来てはおらぬ。順庵先生の他は誰もな」

千秋は穏やかに、そう言い残して座敷から出ていった。

政宗は温くなった茶をひと口飲んで、立ち上がった。粥のおかげか、それとも鎮まっていた血の巡りが活動し始めたのか、両足首にあった不安定感は消えていた。

幼い頃から奥鞍馬で、猛烈な修練に耐えてきた政宗である。五体を覆っている筋肉は生半なものではない筈だった。

彼は身繕いを改めて大小刀を腰に帯び、雪山塾の裏木戸の閂を外した。

三

雪山塾の外へ一歩出た政宗は、「ほう……」と目を細めた。自分の居場所が何処であるのか、直ぐに理解できた。目の前はゆるやかな下りを見せている畑であった。畦道（あぜみち）が縦横に規則正しく走っており、それが交差するところどころに大きな柿の木があって、花かと見紛（みまが）う小さな実が〝満開〟であった。

畑はまるで水墨画のように点在する質素な百姓家を呑み込んで三分の一里ばかりゆったりと下り、尽きたところに日を浴びて輝き流れる鴨川があった。

その川向こうに、思いがけない程の近さで禁裏御所（きんりごしょ）がはっきりと見える。紅葉屋敷は、さすがに見えない。

秋冷えの鴨川が、少し上流のあたり、葵橋（あおい）の付近でうっすらと靄（もや）を放っている。

「美しい……絵のようだ」

呟いて政宗は歩き出した。

雪山塾は、そう高くはない吉田山（よしだやま）の二合目あたりにあった。なだらかな傾斜の途中に春日神社の低い屋根が覗いている。

政宗は屋敷をひと回り半して表門の前で足を止めた。余りにあっけない、ひと回り半であった。

表門では普請をしていた大工二人は、いつの間にかいなくなっていた。門扉の取り付けは半ば終っている。

表門の前の通りには白鷺雪山が自費で敷き詰めたのだろう、東西七、八十間に亘って切石が綺麗に敷き詰められていた。これだと雨が降っても、ぬかるまない。しかも〝切石通り〟の向こう側には小さな沼があって水仙に似た黄や白い花の群落があった。

だが今は、水仙の花の時節ではなかった。水仙の開花時季は早春だ。

沼の向こうは吉田山の低い尾根に向かって一気に傾斜を増す、常緑樹林である。その二、三か所に色付きはじめたモミジが見えた。

政宗は雪山塾をもうひと回りすると、「鷦鷯、深林に巣くうも一枝に過ぎず」と呟いて懐手となり歩き出した。どこか悠然たる態であった。

なだらかな下り道を吉田村に入ったところで、彼は振り向いた。

「ま、いいではないか……」と、彼はまた呟いた。こうして下から眺めた雪山塾は小さく貧しく〝清貧〟そのものに見える。さきほど政宗が口にした「鷦鷯、深林に巣くうも一枝に過ぎず」とは、その意を表していると言えた。中国荘子(そうし)の鷦鷯巣於深林不過一枝を口ずさんだのだ。みそさざいという鳥は森の奥深くに巣を営むけれどもそれに要するのはたった一本の枝に過ぎない――つまり、あれこれ欲張って生きようとしたところで一枝もあれば充分、財産などは無用、とでも荘子は言いたかったのであろう。

「いいお天気で……」

畦道の脇で何やら摘(つ)み採(と)っていた老百姓が、政宗と顔を合わせてにこやかに腰を折った。

「まこと、いい天気じゃのう」と、政宗は白雲漂う秋の空を眺め、ひと息吸い込んだ。

「お怪我、具合はどうでございますか」

「え、あ、これか……」と政宗は左手を見、その手を額へも軽く触れて苦笑した。

「なに、大丈夫だ。若気の至り、という奴でな」

「お大事になさってください」

「有難う。ところで何を摘み採っているのかな」

「へえ、この畦道の脇では、なんでか薬草がよく採れますんで……」

「ほう、薬草がな」

「それで摘み採って御天道様に干したものを、順庵先生に納めさせて戴いております」

「順庵先生を存じおるのか」

「へえ、彼此もう二十年ほど婆さんともども順庵先生の御世話になっておりまして」

「左様であったか。実はこの左手と額の傷もな、順庵先生の手当を受けたのだよ」

「存じ上げております。あれは先一昨日の事でしたか、順庵先生が私の百姓家に立ち寄られ、生の薬草を三種類ばかり選んで擂り潰しまして、雪山塾へ向かわれました」

「そういうことなら、これからも、そなたに厄介をかけることが、あるかも知れんなあ」

「私に出来ることなら役に立たせて貰いますよって、遠慮のう申しつけて下さい」

「そう言って貰えると助かる。私は雪山塾の政宗と申すのだ。宜敷く頼む」

「御武家様から御名乗り戴くなど誠に勿体ないことで……七十二歳になりますこの年寄りは与作と申します。与えるという字に、作ると書きまして……はい」

「七十二歳とは驚いた。若く見えるのう。そろそろ六十に手が届くか、くらいにしか見えぬわ」

「滅相も。ただ夫婦揃って薬草茶を好んで飲んでいますよって、元気は元気でございます」と、与作は目を細めた。

「何よりじゃな」と、政宗も優しい笑みを返す。

暫く老百姓と雑談を交わして、政宗は雪山塾へ引き返した。

桃を従わせるようにして、コウが表門の内外を掃いている。

「お帰りなされませ。お傷の痛みはいかがですか若様」

帚を持つ手を休めて声を掛けるコウの表情が、少し物悲し気であった。桃が尾を振りながら、政宗に擦り寄る。政宗の危機を救った大功労犬だ。あの凄まじい闘魂を炸裂させた桃が、今日はまるで別の犬になりきって大人しい。

「コウ。母上も申していたが住めば都じゃ。もそっと明るい表情を見せてくれぬか」

「ですが若様……このあばら屋では余りにも」

「孟子も言うておるではないか。心を養うは寡欲より善きはなし、とな」

「孟子と申しますと、若様からいつだったかお聞きした昔の中国の偉い学問の先生……」

「そうだ」

「その学問の孟先生が、心を養うは、とか何とか仰っているのでございますか」

「うん。欲望なんぞは少ないほどよい、と戒めておるのじゃ。雪山塾でも恵まれ過ぎておる、と思えば腹も立たぬ、悄気もせぬ」

「はあ……」

「それよりも気になっているのは二頭の馬じゃ。疾風と流星が見当たらぬな」

「ここには厩がありませぬゆえ、紅葉屋敷より移って二日目から三条の馬蹄鍛冶の段平さんに預かって貰っております」

「そうかあ。段平に迷惑をかけてしまっておるのか」

「はい」

「ではなコウ。母上と相談して午後の日当たりが良い庭の西側に、厩を作って貰ってくれぬか」

「え、では二頭を引き取っても宜しいのですね」と、コウの顔が明るくなる。

「二頭ともコウに懐いておるのだ。二頭がいないと、寂しかろう」

「それはもう」と、コウの表情に笑みが戻った。

　政宗は腰を下ろして、桃の背をさすった。

「桃よ。お前は凄い犬じゃな。お前は私の命を救うてくれた。だがな、お前は胡蝶へ戻らねばならぬ。胡蝶へな」

　政宗は胡蝶の在る方角を指差して言った。

　桃が「クウン」と鼻を鳴らした。

　政宗は座敷に戻って、寝床に横になった。僅かに歩いただけであったのに、両足首に重い疲労があった。体内の毒が、まだ充分には抜け切れていないのであろうか。

桃が広縁にきちんと座って、先程とは違った鋭い目で狭い庭内を見まわした。

四

政宗は目を醒ました。よく眠った、という爽快感が体に満ちていて、起き上がってみると体が軽かった。開けられたままの障子の向こうは、一面の夕焼け空であった。その夕焼け空の中へ、横一列に並んで飛ぶ鳥が次第に小さく消えてゆく。

（いい眺めだ）と、政宗は思った。

広縁にいた筈の桃はいない。

雪山塾のひと部屋ひと部屋をまだ見ていなかった政宗は、ともかく自分の座敷を出た。

しっかりと歩けた。

母の居間かと思った隣の部屋は、どうやらそうではなかった。がらんとした殺風景な造りの十畳の座敷で、紅葉屋敷で客との応接にも用いることのあった大き目の文机と座布団があるだけだった。畳だけは矢張り新しいものに替えられている。

家具調度品から見て母の居間と判る座敷は、更にその隣の八畳の間であった。政宗は主のいない八畳の座敷に入って天井や壁を眺め、「母上、すみませぬ」と力なく呟いた。天井や壁の薄汚れ具合と、青畳の新しさとが、余りにも不均衡で見苦しかった。

紅葉屋敷も大層古い屋敷ではあったが、どの座敷の造りにも一種特有のなんとも言えぬ香りが漂っていた。匂いの香りではない。屋敷の造りとしての香り、品格である。

政宗はコの字形に建つ家の広縁に沿って、ひと部屋ひと部屋をゆっくりと見ていった。

コウの部屋、喜助の部屋、若い二人の女中たちの部屋もそこに置かれている家具などで確かめられた。

紅葉屋敷に於いては使用人の住居は、渡り廊下で結ばれた別棟となっていた。が、この小さな雪山塾には、別棟などという贅沢な余裕はない。

六つの座敷を自分の目で確かめた政宗は、七つ目の部屋の前で「はて？」と立ち止まった。これまでの六つの部屋は、広縁と座敷を仕切るものは黄ばんだ障子であった。しかし七つ目の部屋は杉戸障子と言って、薄い杉板で作られた引き戸の上の方、五分の一ほどだけが障子となっていた。

政宗は杉戸障子を静かに開けてみた。軋むこともなく、滑らかに動いた。

そこは板敷きの六畳ほどの薄暗い部屋で、何もなかった。そして正面突き当たりも杉戸障子になっていて、その向こうからクスクスと控え目な笑い声が聞こえてくる。

政宗には、若い女中二人の笑い声と判った。

板の間に入った政宗は、正面奥の杉戸障子を開けてみた。

紅い夕日が差し込む二十畳ほどの板の間が現われた。中央に囲炉裏があり、それを囲んで千秋と使用人たちが茶を楽しんでいる。

政宗が現われて驚いた使用人たちが、慌て気味に居住まいを正した。

「おお政宗。昏昏とよく眠っておられましたなあ。気分はどうじゃ」

母千秋が手にしていた湯呑みを置き、「さ、こちらへ……」と白い手を上品にふわりと泳がせた。

政宗は「実にいい気分です」と言いながら、母の隣へ座った。

「ぐっすりと眠ったのがよかったのであろう。なにしろ丸一日眠っていたのじゃからのう」

「え。すると昨日から眠ったままでありましたか？」

「その通りじゃ。桃が幾度頬を舐めても、瞼ひとつ動かさなんだ」

「それはまた……」と苦笑しつつ、彼は囲炉裏のまわりを眺めて「へえ……」と感心した。囲炉裏のまわりは掘割状になっていて、足を下ろして座せるようになっていた。

「これは珍しい囲炉裏ですな母上」

「おそらくこの囲炉裏を囲んで白鷺雪山殿とその門弟たちは、夜遅くまで議論を交わしたのであろう」

「酒を酌み交わしながら、口角泡を飛ばし、ですか。なるほど、この造りですと長く議論を闘わせても足が痺れることはありませぬな」

「正座をするは、儀礼の基本ぞ。心に怠りがなければ、いかほど長く正座をしていようが痺れは致しませぬ」

「ですが楽そうですぞ母上」

政宗は笑いながら正座を解き、両足を〝掘割〟へ下ろした。はじめて体験する座り方であった。

「夢双禅師様に知られると、お叱りを戴くことになりましょう。コウが立ててくれた茶でも味おうて心身を引き締めなされ」と、千秋が温かなまなざしで微笑む。

「どうぞ……」と、コウが茶を差し出した。

政宗は茶を啜りながら、改めてまわりを見まわした。煤けた頑丈そうな太い柱を組み合わせた空間に、大きな二つの水瓶、三つの竈、茶器食器の洗い場、庭に向かっての簡素な玄関式台、などがなかなか要領よく収まっている。式台の外には、閂付きの門扉を取り付けた、二本柱の表門が見えていた。

千秋がゆったりと喋った。

「座敷は西向きがあるかと思えば、東や南を向いていたりと、誠にちぐはぐな日当たりじゃが、わたくしはこの雪山塾がとても気に入りました。今朝などは畑に霞がかかって、それはそれは幻想的でなあ。大切に住みましょうぞ政宗」

「母上がお気に召しておられるのなら、私に異存はございませぬ。しかし……」

「しかし、何じゃ」

「幕府に一方的に紅葉屋敷を押収された理由については、問い質さねばなりませぬ」

「所司代へ永井伊賀守様を訪ねるつもりじゃな」

「はい」

「そなたのことじゃ。後先の事をきちんと考えた上で動いてくれるであろう。この母は、行くがよいとも、行ってはならぬとも、申しませぬ。責任は御自分で負うつもりで決めなされ」

「そう致します」

千秋は正座していた体を美しく小さくひねって立ち上がると、まるで白百合の一輪がそよ風に吹かれるような印象を残して、板の間を出ていった。

政宗は〝掘割〟に下ろしていた足を引き上げて正座をした。

「今朝方の順庵先生の診立てでは、額の金創はすっかり塞がり、縫合した左手の傷口も綺麗にくっついているそうでございます」

「そうか。眠っているうちに順庵先生は診て下さったのか」

「はい。丹念によう診て下さいました。よく眠るなあ、と笑っておられましたけれども」

「寝る子は育つ、だな」

苦笑した政宗は何気なく額に手を当ててみて、傷口に巻かれてあった白布がいつの間にか取り去られていることに気付いた。左手の白布は、まだ巻かれてある。

「ところでコウ。桃が見当たらぬが」

「今朝、表門から出て行ったきり戻ってきませぬが……もしや胡蝶へでも帰ったのでございましょうか」

「そうか。出ていったか。うん、たぶん胡蝶であろうな」

「それにしても、おかしいとは思いませぬか若様」

「ん？　青畳のことか」

「やはり若様。お気付きでございましたか。どの座敷も古畳は取り除かれ、真新しいものに入れ替えられておりますことから、此度（こたび）のことは幕府の手により、すでに前もって準備なされていた事ではないかとコウは思いまする」

「おそらく、そうであろう。それに、見たところ庭の雑草も一本残らず摘み取られておる。表門の普請とて、こちらが誰に依頼した訳でもないのに始まったのであろう」

「その通りでございます」

「が、まあ、よいではないか。ともかく此処を住み処としてみようぞコウ」

「孟先生の、なんとかかんとか、でございますね」

「はははっ。そういうこと。心を養うは寡欲より善きはなし、じゃ」

「このコウは、若様のおそばに置いて戴きさえすれば満足でございますから」

「わたくし達も、コウさんと同じでございます」

二人の若い女中が、コウと顔を見合わせて頷き合った。

このとき政宗の口から、「お……」と小声が漏れた。

すぐさま政宗の視線を追うようにして、コウが素早く腰を上げる。このあたり、さすが阿吽の呼吸であった。

閉じられた表門の門扉の上から、小銀杏に結った髪が覗いていた。

コウが玄関から出ていき、政宗も腰を上げた。

「あの髷(まげ)は、たぶん東町奉行所の源さんであろう。十畳の客間へ通して旨(うま)い茶をな」

二人の若い女中にそう言い残して、政宗は自分の部屋へ引き返した。

その途中で、障子が開いたままの母千秋の座敷へ声をかけた。

「母上。源さんが見えたようです。この障子を閉めておきましょう」

「そうして下され。客の訪れを考えると、この座敷への出入口は、少し考え直さねばなりませぬなあ」

「この部屋と背中合わせに、六畳ほどの納戸がありましょう。壁を打ち抜いて、その納戸と続きに致さば、西に向いた反対側の広縁からも出入りできまする」

「おお、それはよい。そのようにして戴きましょうぞ」

「はい。それでは手配り致しておきます……」と、政宗は母千秋の居間の障子を閉じて、いったん自分の部屋に退(さ)がり、寝床を押し入れに片付けた。

「こちらでお待ち下されませ」と、常森源治郎を隣の客間へ案内したコウの声が聞こえてくる。

「はあ……」と、常森源治郎が応じている。どこか沈んだ声であった。

コウの足音が、遠ざかっていった。

政宗は部屋を出て、「やあ、源さん」と十畳の客間へ入っていった。

「あ、政宗様。突然の御屋敷替え、これは一体どういう事でございまするか」

政宗の顔を見るなり、常森源治郎は腰を浮かした。尋常の顔つきではない。

「まあまあ。順を追って話しますよ源さん」

「それに、左手に傷を負っていらっしゃいますな。あっ、額にも……」

「屋敷替えをさせられたこと、源さんは全く知らなかった様子だな」

「知るも知らぬも……未ノ刻過ぎに紅葉屋敷へ出向きましたるところ、近くで畑仕事をしていた百姓夫婦が〝吉田山の方へ移転なされた御様子です〟と言うものですから腰を抜かさんばかりに驚きました。青天の霹靂でございますよ」

「この場所、すぐに判りましたか」

「はい。吉田村は時に見回りで訪れることもございますことから、顔見知った百姓町人が少なくありませんので……ここが雪山塾と呼ばれているらしい屋敷であることについては知りませんでしたが」

そう言いつつ、眉間に皺を刻んで座敷を眺め回す常森源治郎であった。どうやら気に入っていない。

「うむ。江戸者の源さんとしては、雪山塾を知らぬのは当然であろうな」と、政宗は先ず雪山塾がかつて誰の住居であったかを、話して聞かせた。

「へええ、そうでございましたか。江戸者とは言え、これは同心としていささか勉強不足でありました……それに致しましても殺風景な印象の建物でございまするなあ。一体なにゆえ、このようなことに」

「今のところ私にもよく判らぬのだ」

「え？」

「実はな源さん……」

政宗は紅葉屋敷に忍び集団が侵入してからのことを、詳しく打ち明けた。今や明日塾の非常勤講師として、貧しい家庭の子供たちと積極的交流を図ってくれている常森源治郎である。彼がたとえ幕吏であっても、政宗の彼に対する信頼は厚かった。

「左様でございましたか。そのように大変なことがあったとは……奉行所の者は誰一人として紅葉屋敷でそのような大事があったなど、知ってはおりませぬ」

「やはりな」

そこへコウが茶菓を盆にのせて、やってきた。そして「どうぞ……」という言葉だけを残してすぐに出ていく。

とぎれた二人の対話が、再び始まった。

「それにしても所司代はなにゆえ、政宗様をこのような殺風景な小屋敷へ、力任せに移封せしめたのでござりましょうや。しかも毒で眠っている間になど、余りにも卑劣ではございませぬか」

「ま、そのうち次第に何もかもが見えてくるであろう。それに源さん、私は大名でも大身旗本でもない。移封などという言葉は、おおっぴらには用いない方がよろしい」

「はあ、しかし……」

「それよりも源さん。上洛して二条の御城を宿舎となされた大老酒井雅楽頭忠清様の御昇殿は、いかがでありましたか。何事もなく無事お済みなされたか」

「そのことよりも、私は政宗様がこの小屋敷へ移されたことの方が納得できませぬ。所司代の上席与力とは仕事柄いささか付き合いもありまするゆえ、その理由を率直に訊いてみまする。この現実はどうしても承知できませぬ」

「いかぬよ源さん。そなたは幕府役人の立場にあるのだから、この問題に立ち入り過ぎてはいかぬ。私は私で考えていることがあるゆえ、心配しなさるな」

「ですが……」

「大老酒井様の御昇殿の件、判る範囲でよいから聞かせてほしいのだが」

「ご上洛四日目に二条の御城を出発なされました御大老の行列は、それはそれは威風堂堂たるもので、しかし華美を排して粛粛と進まれました。二条の御城から禁裏御所までの沿道には京の人人があふれかえり、息を呑んで見守っておりました」

「終始何事もなく？」

「はい。幸い不測の事態、と言ったようなものは生じませなんだ。いや、粛粛たる御行列でありながら御大老がお乗りの〝溜塗惣網代棒黒塗〟の御乗り物の前後左右を固めるおよそ四百名の御侍衆は、皆さり気なく右手を刀の柄に軽くのせておりまして、不測の事態が生じるようなスキなどはございませんでしたよ」

「ほう、御乗り物の前後左右を固める御侍衆がのう……」

「はい。どなたも表情は穏やかで、ゆったりと御乗り物に付き従っている風でありましたが、目付きはひきつっておりまして、沿道警備に当たっておりました私共は、その目付きに少し驚かされましてございます」

「うむ。が、まあ、何事もなくてよかったなあ」

「まことに」

政宗や常森源治郎が口にした御乗り物とは、駕籠のことであった。将軍大名など貴人用の、出入口が引戸となっている大型駕籠は御乗り物と称され、それ以下の駕籠とは区別されている。

「ところで源さん。紅葉屋敷を訪ね此処へ立ち寄ったからには、私にそれなりの用件があるのでは？」

「はあ。実はこの数日の間に女狐の雷造一味による凶悪非道の畜生働きが、立て続け二件もありまして、協力し合って探索に当たっている東西両奉行所の与力同心ほとんど眠れぬ有様でして」

「なに。この数日の間に二件も……」

「一件は御池通に面した呉服商大津屋、もう一軒は中御門通の菓子舗五月屋。

血の海の現場には、いずれも小さな〝折り狐〟が、これ見よ、とばかり撒き散らされておりました」

「両方とも大店だな。で、助かった者は？」

「残念ながら……」と、常森源治郎は暗い顔で首を横に振った。

「その折り狐から、手がかりは得られないのか源さん。使われている紙に特徴はないのか」

「特にこれと言っては……」

「うむ」

「それから、例の光明院本堂裏手の空井戸から、白骨と化した亡骸を一体見つけました」

「おう、見つけたか」

「着ている物も髪も、三十二年の風雪を感じさせぬほど綺麗でありましたことから、亡骸は武家の女と見てございます」

「私の前に現われた津山早苗の髪は確か、雀鬢に小満島田髷であったな」

「それでございました」

「懐剣は？」

「ありました。それに、重ね草履のうち、右足の草履の花緒が切れておりました」

「間違いない。津山早苗ぞ」

「よかったあ。そのことを若様、いや、政宗様に確かめて戴きたくて参ったのですよう。本当によかったあ。これで亡骸をきちんと葬ってやることが出来まする」

　ようやくホッとした表情を見せた常森源治郎であった。

「それにしても源さん。津山早苗がなんとしても討ちたかったであろう青山和泉守。その和泉守の忘れ形見が、紀州徳川家京屋敷詰めの村山寅太郎であったとはな」

「その村山寅太郎、この三、四日身持ちのよくない剣術仲間と連れ立って胡蝶へ通い詰めでございますよ。胡蝶の常連客である高瀬船の船曳き達から、蛸薬師の三次の元へ小まめに報告が入っているらしいのですが、それによれば一晩で軽く十両十五両は飲み食いし、それも惜しまずポンと支払っているとか」

「ふうん。惜しまずポンとなあ」

「女将は支払いを受け取りたくないような雰囲気らしいのですが、大番頭がなにしろビシッとした性格なもんですから、十両であろうが十五両であろうが、遠慮なく受取っているようです」

「ふふふっ。藤堂貴行(とうどうたかゆき)は確かに腹黒い人物には手厳しいからなあ。それにしても大商人でもない村山寅太郎が、連日連夜身持ちのよくない剣術仲間との飲み食いで大金をばらまくなど、ちと妙ではないか」

「私は紀州徳川家京屋敷の金蔵(かねぐら)から持ち出しているのではないか、と疑(うたご)うております」

「あるいは、そうかも知れぬな。青山和泉守は紀州徳川家預けになったとは言え、事実上の御家断絶であるから私財などは無きに等しい筈。和泉守の忘れ形見であるまだ若い村山寅太郎に毎日毎晩飲み食いして十両十五両をばらまく余裕など、当たり前なら有りはせぬよ」

「私も左様に思いまする」

「だが村山寅太郎は現に、派手に遊びまくっておる。いかに本拠紀州から遠く離れた京屋敷とは言え、御三家の一つである紀州徳川家の金蔵の管理が、一人の若侍に翻弄されるほど杜撰とは思えぬな。つまりだ源さん、村山寅太郎の金離れの良さについては、もう一つ何か考えてみる必要があるのではないかな」

「は、はあ……あっ……と申されまするると、ひょっとして」

「うん。その、ひょっとしてだよ」

「凶賊女狐の雷造一味……」

「に、絡んでいるやも知れぬ」

「そう言われてみまするると、金の使いっぷりが余りにも」

「荒っぽい」

「まことに……そうと聞いては、すぐさま」と、立ち上がりかけた常森源治郎を、政宗は苦笑しながら「まあまあ……」と座り直させた。

「たとえ、そうと思いついてはみても紀州徳川家の京屋敷に詰める村山寅太郎へは、奉行所は荒荒しく直接手を出せませぬよ。所司代与力同心でも無理じゃ」

「では政宗様、どうすれば」

「奉行所の手の者は、決して村山寅太郎へは近寄り過ぎず、むしろ彼と飲み食いを楽しんでいる不良剣術仲間の動静に目を光らせた方が宜しいな」

「なるほど」と、常森源治郎は深深と頷いた。

「村山寅太郎はと言えば、胡蝶へのっそりと出入りしている私の存在が気になって仕方がないらしく、このところ彼の方から私の視野に入って来つつある。そのうち、ひと騒動起こるやも知れぬ」

「お気を付け下さい。奴は相当に凄腕と噂されておりまするゆえ」

「うん。気を付けよう」

「それにしても政宗様。ご自身の胡蝶への出入りを、のっそり、と表現なさるとは余りな」

常森源治郎が、ようやく破顔した。

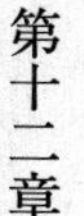

第十二章

一

平穏な六日が過ぎて、政宗の左手の傷を覆っていた白布も取り除かれた。

不思議なほど誰ひとり客の訪れぬ、ひっそりとした六日間であった。

屋敷の表門の門扉はしっかりと出来上がり、厩も馬蹄鍛冶段平の知り合いの棟梁によって手早く完成していた。

段平が預かっていた馬二頭は、昨日の夕方に雪山塾へ戻ってきている。

今は、段平の知り合いの棟梁が、若い職人三人を使って千秋の居間の改装を進めているところだった。

政宗は朝、目を覚ますと食事もとらず庭に出て、柿の木の下で座禅を組んでいた。

すでに、二刻以上が過ぎている。

金槌で釘や鑿を打つ乾いた音が響いていたが、〝無〟の奥深くに達している政宗の耳には届かなかった。この六日の間、明け六ツの鐘の音と共に繰り返されてきた座禅である。

母千秋に、所司代へ永井伊賀守を訪ねる、と告げた政宗であり、また常森源治郎から村山寅太郎に関する報告などを受けて胡蝶のことが気がかりでもある筈の彼だった。

にもかかわらず彼は、この六日の間、雪山塾から一歩も外へは出ていない。

コウが心配顔で広縁の端に現われ、向こう向きに座禅を組んでいる政宗の背中をじっと見つめた。政宗の幼い頃から何かと気配りを絶やさなかった彼女には、政宗の背に漂う心穏やかでない情の波立ちが判るのだった。

「そっとしておきなされ」と、コウの背後で囁き(ささや)が生じた。いつの間にか千秋が微笑んで立っていた。

促されてコウは、千秋と共に広縁を台所の方へゆっくりと引き返した。

「若いうちは悩めばいいのじゃ。悩んで苦しんで反省して己れの未熟がどこにあるかに気付くのじゃ。それが政宗をさらに育てましょうほどに、心配し過ぎぬがよい」

「ですが御方様……」

「政宗は恥じておるのです」

「恥じて？」

「毒が塗られし忍び者の凶器で手傷を負うなどは、剣の未熟と言うよりは心の未熟。あるいは気構えの未熟。夢双禅師様から、百年に一度出るか出ないかの恐るべき剣学の才、と評されている政宗のことじゃ。未熟の坂道は一つ一つ自分で登り切ってゆきましょう」

「もう六日も、コウが用意いたしました朝の食事に、御箸をつけて下さいませぬ」

「気にせずとよい。政宗が奥鞍馬でどれほど激しい修練を積み重ねてきたか、コウはよく存じおろう。忍び毒さえも撥ね除けた政宗ぞ。十日や二十日食せずとも大事ない」

「十日や二十日とは余りでございます。御方様は政宗様が誰よりも御大切なのでございましょう」

「政宗は私の心の全てじゃ。私の命そのものじゃ。目に入れても痛うはない程にのう」

優しくコウに言って聞かせる千秋の頬に、はじらいのような朱がうっすらと浮き上がった。

二人は、若い女中が忙し気に動き回っている板の間へと入っていった。竈では薪が赤赤と燃え、その上にのった釜が蓋の端から白い湯気を立てている。

「これ。焦げ付かせてはならぬぞ。お昼に政宗様に食して戴く大事な茸御飯ゆえな」

「大丈夫ですよコウさん。きちんと見てますよってに」

「見てますよってに、ではない。御方様の前じゃ、見ておりまする、と言葉を改めなされ」

「あ、すみません」

「申し訳ございませぬ、じゃ」

言われた若い女中は首をすくめて更に忙しそうに動き出し、炉端に座った千秋がクスリと笑った。

いつ誰の元へ嫁に行くかわからぬ若い女中だけに、コウの二人に対する日頃の躾は母親のそれのようであった。言葉遣いから立ち居振舞まで、何処へ出しても恥ずかしくないようにと心を込めて我が子に対するように教育している。二人の両親からも、是非にそうして欲しいと頼まれてもいるコウだった。

「やれやれ。教えるのも疲れるのう……」

コウは呟きながら、千秋のために茶を立てる用意を始めた。

「時間をかけて、ゆったりと教えなされ。十数年の間商家の両親の元で育ち、縁あって松平家に奉公するようになってまだそれほど経ってはおらぬのじゃから」

千秋が控え目な声で言った。

「左様でございますねえ。私の若い頃とは娘たちの考え方も気性も違いましょうから、少し手綱を緩めると致しましょう」

「そうしなされ、そうしなされ」

千秋とコウは顔を見合わせて、微笑み合った。

二人の女中たちは、実によく動き回っていた。一生懸命な様子であった。板床や柱を乾いた雑巾で乾拭きしたかと思えば、竈の炎を加減し、綺麗に洗った食器を竹で編んだ籠に入れて日が差し込んでいる櫺子窓のそばに置く。

「若い娘は動きがてきぱきと早うございますねえ」

コウが茶を立てながら目を細め、千秋が「ほんに……」と応じた。

庭を掃き清めている喜助の姿が、玄関式台の向こうに見えている。

掃除のために開け放たれている表門の彼方(かなた)に、赤く色付き始めた秋の山の連なりがあった。

と、秋鶯(あきうぐいす)がひと声鳴いて、コウも女中たちも思わず動きを止めた。

柿の木の下で座禅を組んでいた政宗は、その鶯のひと鳴きで目を見開いた。

彼は二、三度呼吸(いき)を、吸い、吐き、を繰り返してから静かに立ち上がった。座禅のために曲げていた両膝を、スウッとそのまま伸ばしていく立ち上がり方で、腰や背中は微塵(みじん)も傾かぬ美しい立ち方であった。

が、彼の表情は、どこか冴えを欠いていた。天候で言えば〝花曇り〟といった表情の印象であった。

ほんの暫く、彼は立った姿勢のまま再び目を閉じた。

秋鶯が、また美しい鳴き声を響かせる。

目をあけた政宗が自分の座敷へ戻ろうと振り向くと、広縁をコウが足早にこちらへやって来た。

「客かな」と訊ねながら、政宗は広縁に近寄った。

「はい。陣座介吾郎様が御見えになりましたけれど」

「おう、久し振りじゃな。私の部屋へお通ししなさい」

「承知いたしました」

コウが退がっていった。

陣座介吾郎が束ねる刀鍛冶粟田口一門は、粟田口御所と呼ばれている青蓮院のほど近くに在する名門一派であった。ただ最盛期は鎌倉初期から南北朝初期に亘ってであり、後醍醐天皇の〝建武の新政〟に端を発した南北朝の動乱によって京が焼野原と化し、粟田口一門も大打撃を受けて著しく衰微していった。

江戸期に入って、その伝統ある一門を、いま陣座介吾郎が中心となって、力強く復興させつつあったのである。

二

「こ、これは一体、どうした事でございまするか政宗様」

政宗と向き合って腰を下ろすなり、小柄な白髪の名刀匠陣座介吾郎はうろたえ気味に切り出し、壁や天井を見まわした。

「どうもしませぬよ陣座殿。これが現実でござる」

政宗は笑みと共に返した。が、さすがに明るい笑みではなかった。

「どうもしませぬ、はござりますまい。何があったというのですか。しかもその額の傷痕と左手の傷痕、余程のことがあったのでございましょう。表情が暗うございまするぞ」

「ははは。左様か……陣座殿には隠し通せぬな」

「隠すなどと水臭いことを申されまするな。政宗様とはひと振りひと振りの刀を通してお互いの信条信念など、人間としての内側を理解し合うてきた間柄。差し支えなき範囲で結構でございますゆえ、この現実、に至りし原因について御聞かせ下さいませ」

「うむ」

小さく頷いた政宗は腰を上げると、六畳の座敷に付いている三畳ほどの板の間のほとんどを占めている箪笥の前に立ち、一段目の引出を開けた。

取り出したのは、粟田口久国であった。

と、広縁を近付いてくる足音があって、コウが遠慮がちに顔を覗かせた。

茶菓は先程彼女がすでに、二人の前に置いている。

「どうした」とコウの方を見ながら、政宗は陣座介吾郎と向き合う位置に戻った。

「ただいま呉服商常陸屋の伊奈平さんが、若様から預かっていた御着物を届けに見えましたが」

「おお、常陸屋なら陣座殿とも知らぬ仲ではない。構わぬから通しなさい」

「いいえ。先客があると知って、もう帰られたのですが、三条通の老舗菓子屋『春栄堂』の大福を、御方様と若様へと持参して下さいました。お持ち致しましょうか?」

「なんだ。常陸屋にしては、いやにあっさりと帰ってしもうたのじゃな」

「かなり困惑の表情で、見えられたのですけれども……」

「さもありなん。この陣座殿とていま困惑の言葉を口にしたところじゃから」

言われて陣座介吾郎は苦笑したが、直ぐ真顔に戻った。

「ここに、美味しい菓子があるのでな、大福は先ず母上に召し上がって戴きなさい」

「そうですか。では、そのように致しましょう」

コウが引き退がると、政宗は粟田口久国を陣座介吾郎に手渡した。

名刀匠の目が、静かに鞘から抜け出た刀を見るなり、「ん?」と険しくなる。

「これはまた……粟田口久国ほどの刀が、これほど疲れ切っているのを見たことがありませぬ。余程に激しく遣り合うたのでございまするな」

「また陣座殿の手で入魂くだされ」

「お預かり致しまするが、政宗様ほどの剣客が、それほどの手傷を負いなされたということは……この刀身の疲れ具合から判断しましても……おそらく御一人で十数人は相手になされましたか」

「よくお判りじゃ。さすが陣座殿。して幾日ほどで入魂し直してくださるか?」

「お急ぎでございますか」

「うむ。いささかの用を抱えて京を離れるかも知れぬのでな」

「それはまた……」と、小さく驚いた陣座であったが、それ以上の言葉は出さなかった。

そのあたりの作法は、さすがに心得ている名刀匠であった。

「心眼込めての〝回復作業〟が必要かも知れませぬ。昼夜なしでその作業に打ち込んでも十日はかかりましょう。ご辛棒して戴けませぬか」

「十日かあ……仕方あるまいな。ひとつ御願い申す」

「はい。必ず息を吹き込みまするゆえ。ところで政宗様……」

「この屋敷のことじゃな」

「確かここは四年ほど前に幕府の手でどこやらへ追放された朱子学者白鷺雪山の旧居雪山塾」

「おお、陣座殿は存じておられたか」

「私のような年寄りにとっては、白鷺雪山はよく知った名でございまするから」

「その雪山塾へな、私が意識不明の不覚を取りし間に紅葉屋敷の者、皆ほうり込まれてしまったという訳じゃ」と、政宗は自嘲的にひっそりと笑った。

「意識不明の不覚？……意味がよく判りませぬが」

「実はのう……」

政宗は長い交流を積み重ねてきた信頼できる相手陣座介吾郎に、紅葉屋敷に侵入した忍び集団に実質的には敗北したこと、その敗北が紅葉屋敷から〝追い出される〟ことに結びついたこと、などについて淡淡とした口調で話して聞かせた。

「そのようなことが、ございましたので……して侵入せし忍び集団の素姓などは？」

「わからぬ。なにしろ相手は忍びじゃ」

「で、ございましょうなあ」

陣座介吾郎は、そこで言葉を打ち切った。それ以上に亘って執拗に訊くことは、作法に反すると心得ている老刀匠であった。それ以上について話す必要があらば、政宗の方から話してくれるとも心得ている老刀匠であった。

「此度の事では私は己れの未熟を思い知らされた。忍び毒にやられるなどは、油断以前の問題じゃ。さきほど陣座殿は〝心眼〟と申されたが、私にはその心眼がまだまだ足りぬ。腑甲斐無い己れじゃわ」

「剣客にしろ刀鍛冶にしろ高僧にしろ名医にしろ、心眼は生涯追い求めるものでございましょう。これが心眼の終り所、などはございませぬ。無限でございまするよ。この年寄りは近頃になってようやくのこと、そう気付いた次第でございます」

「うむ」

と、政宗は深深と頷いて見せた。

「お、これはまたよき匂いが……」

老刀匠が話の方向をやんわりと変えた。

「この匂いは、私の好物の茸飯じゃ。そろそろ時分時ゆえ付き合うて下され」

「茸飯とは有難や。この年寄りも大の好物でございまする」

と、陣座介吾郎は目を細めた。

「それは何より。では運ばせましょう」

政宗が座敷の外に向かって手を打った。その音が充分に台所にまで届く、雪山旧居の造りであった。

「はい、ただいま」と、台所の方からコウの声が返ってきた。

三

茸飯を食(しょく)しながら、ひと時を談笑し合った政宗と陣座介吾郎は、連れ立って雪山塾を出、聖護院(しょうごいん)村まで下り熊野(くまの)神社の脇で西と南に別れた。

名門粟田口一派を復興させつつある陣座介吾郎と談笑したあと政宗は、きまってさっぱりとした気分になる。これも、刀ひとすじに心眼を追い求めてきた名刀匠の豊かな人柄によるものであろう、と彼は思った。

「陣座殿のような人柄に、一歩でも近付かねばならぬ……」

政宗は呟きつつ、紅葉屋敷に足を向けた。帰りたい、と思う気持で行く訳ではなかった。ほかに目的があった。

鴨川に架かった木橋を渡り、後水尾法皇が在(お)わす仙洞御所に突き当たったが、政宗は立ち止まることもなく右に折れて、円浄宗本山廬山寺(ろざんじ)の門前を過ぎた。

ゆったりとした足取りであった。

今より七百年以上も前の天慶(てんぎょう)元年に元三(がんさん)大師によって開創された廬山寺は、

当初は北山に在って、三百七年後の寛元三年には船岡山へ移っている。貴族屋敷の真っ只中に位置する寺町通の現在地に構えたのは、さらに三百余年後の天正元年のことで、豊臣秀吉によってであった。平安前期、仁明天皇に仕えた容姿、才ともに抜群の宮廷女流歌人、小野小町と関係深い寺であって、その美しさ、その才能にあやかろうと、今以て貴族、武家、大商家の女性たちの、ひっそりとした参詣が絶えない。

政宗は少し行ったところで振り返り、盧山寺の山門を暫く眺めた。

高柳早苗とその一党の暗躍を封じた直後の政宗は、母千秋と歌づくりで交流ある盧山寺の住職に、早苗を一時預けることを考えたことがある。

彼にそれを実行させなかったのは、優れた文武を身につけた早苗の、思いもしなかった矢張り豊かな美しい人柄であった。

この女性なら自らの力で新しい生き方に踏み出せよう、と思ったのである。

政宗は再び歩き出した。建ち並ぶ貴族屋敷の塀から覗くモミジやカエデは、すでに美しく色付き出していた。青葉もまだ残ってはいたが、その入り混じりようが、ことのほか美しい。

寺町通から今出川(いまでがわ)通に出て左へ折れた政宗は、通りに沿って並び建つ二条家と伏見宮家の広大な屋敷の塀の向こうで朱色に熟し始めた木木のあでやかさに心を奪われながら、紅葉屋敷へゆるゆると向かった。

政宗の腰には、大小刀があった。備前長船兼光と備前長船真長である。愛刀粟田口久国は、陣座介吾郎の手にあった。

「政宗様ではござらぬか」

背後から声がかかった。聞き馴れた声であった。

政宗は静かに足を止め、振り向いた。通り過ぎた伏見宮家の門前に、竹帚(たけぼうき)を手にした伏見宮家第十三代、貞致(さだゆき)親王の姿があった。

「これは貞致(さだゆき)様……」と、政宗は軽く腰を折った。

貞致親王がこちらに向かって歩み出したので、政宗も来たばかりの道を戻り、二人の間はたちまち縮まった。

「御手ずから庭掃除でございまするか貞致様」

「はははっ、今年は色付いたモミジの散り落ちるのが何故だか早(はよ)うて、それを掃き清めるのがこれまた楽しゅうございましてな」

「歌の方はいかがです？」

「編み進めていますよ。が、もうひとつ気に入らぬので近いうち、また政宗様の母者の教えを戴かねばと思うています」

「では、母を訪ねさせましょう」

「いやいや。教えを戴く者こそ訪ねるのが礼儀。そのうち御訪ね致しますゆえ、母者に宜しく御伝え下され」

「左様ですか。では、そのように伝えておきまする」

「政宗様……」と急に真顔となって声を落とした貞致親王が、二人の間を更に詰めた。

「少し屋敷へ寄って行かれませぬか。色色とお話が……」

「いや、今日は止しましょう。壁に耳あり障子に目あり」と、政宗も声を落とした。

「そうですか。では、そう致しましょう。額と左手の傷痕、つい近頃のものですな。まだ痛痛しいですぞ。どうか御大切に」と、貞致親王の声が一層低くなる。

口調はやわらかい。

「申し訳ございませぬ」

「後日、詳しくお聞かせ下され」

「はい」

「では……」と、貞致親王は軽く頭を下げて、踵を返した。

壁に耳あり障子に目あり――政宗の言葉通りであった。伏見宮家の西隣には、所司代指揮下にある禁裏付与力同心の組屋敷があったのである。つまり二人は、その組屋敷の前で立ち話をしていたのだった。

政宗は貞致親王が屋敷の門を潜ってから、体の向きを変え歩き出した。

三つ目の辻、京飴で知られた菓子舗「飴玉屋」の角を折れると、十六の年齢から住み馴れた紅葉屋敷が見え出した。

べつだん「懐かしい」という気持に陥ることのない政宗だった。そういう気分に陥るには、〝追放〟されてまだ日が浅い。

屋敷の四脚門の前まで来て、政宗は「ほう……」と漏らした。表門には竹矢来が張り付けられ閉門状態になっているのだろうと思ったが、これまでと変わらなかった。

彼は潜り門に近付き、軽く押してみた。開いた。下働きの喜助の手入れが日頃から行き届いているので、軋（きし）みもしなかった。

政宗は門内へ入って扉を閉じた。七分通り熟したモミジが、奥庭に向かって続いていた。

「あと四、五日で、炎（ひ）のようになるなあ」

彼は午後の明るい空を覆わんばかりに広げている薄朱（あか）い枝枝の下を、満足そうに歩いた。肩や背に降りかかる幾条もの木洩れ日（こもび）までが、薄朱く染まっている。

彼の足が輪状に植栽されているツツジの脇で止まった。目の前に激闘の場所があった。が、その形跡はほとんど留（とど）めていなかった。苔（こけ）は踏み荒されたままだったが、激しくへし折られていた筈のツツジの枝枝は若若しい張りを見せ明らかに植え替えられていた。

これらツツジは、千秋が大切に育ててきたものである。

「母が植え替えたのか？……」と呟いた政宗であったが、すぐに「いや、違うなあ」と否定した。権力で追い出された屋敷へ、のこのこと戻ってくるような母でないことは、彼が一番よく知っていた。その容姿も、その優しさと厳しさも、その教養も、誇り高い「透徹の美」で包まれている母であると知っている。

政宗は激闘場所に踏み入って、地面や苔の上や木の幹を丹念に調べた。

しかし、侵入者たちの放った忍び手裏剣は、一本も見つけられなかった。

その痕跡を留めているのは木の幹にあいた、凹みの鋭い幾つもの小さな真新しい穴だけである。

次に彼は、雨戸が閉じられている広縁に沿って歩いた。雨戸を開ける気があれば、開ける要領を心得ている政宗であったが、敢えてそれをしなかった。

広縁に沿って庭を巡るように縫っている小道に、これといった変わりはない。

庭内を二回りして、彼は四脚門の外に出た。激闘があった場所の苔が踏み荒されていたほかは、枯れ葉の落ち様から見て庭が誰かの手で掃き清められていることが判った。

つまり、政宗たちが紅葉屋敷から出された後も、屋敷は放置状態にされていたのではなく、きちんと〝管理〟されていたようであった。なかでも、輪状に植栽されているツツジには、植木職人の手によって充分以上の気配りがなされていた。

高さにも、枝の張り様にも、狂いのない丁寧な樹間にも、その気配りが光っているように見えた。

政宗は四脚門に背を向けると、「はて？……」と短い呟きを漏らして歩き出した。

彼の脳裏から、「紅葉屋敷を幕府の権力で追い出された」という疑念が薄らぎ始めていた。庭内を見て回っているうちに、そう感じ出したのだ。

「餡玉屋」の前を過ぎ、武者小路に近付いた辺りで、政宗は振り向いた。

再び帰って来れるかどうか判らぬ紅葉屋敷が、心做しか物悲し気に見える。

猫が一匹、土塀に沿って背中を丸め力なく歩いている。老いた野良猫なのであろうか。

彼は再び歩き出そうとして、しかし瞬時に足を止めた。辻の角から姿を見せた一人の女性が、こちらに背中を見せて紅葉屋敷の塀に沿って四脚門へと近付いていく。

白雪のような裾模様を散らした黒留袖のキリッとした後ろ姿が、政宗の視線を奪った。

女性(おなご)にしては背丈に恵まれている高柳早苗であった。

見とれて政宗は「うむ……」と、微笑んだ。早苗の後ろ姿には、一分のスキもなかった。にもかかわらず、歩く様(さま)は楚楚(そそ)たるしとやかさである。

と、早苗の足が、紅葉屋敷の四脚門の手前で止まった。

政宗に見つめられている、と背中に感じでもしたのか。いや、そのような筈はない。いかに文武の鍛練を積み重ねてきた早苗と雖(いえど)も、そう感じるには二人の間は余りにも離れ過ぎていた。

けれども早苗は、そよ風に揺れる谷間の白百合のように、ふわりと振り返った。

政宗が小さく頷いて笑みを送り、早苗が腰を折って挨拶(あいさつ)を返す。

政宗に向かって歩みを戻した早苗は、左手を胸元に寄せて風呂敷に包まれたものを持っていた。厚いものではなく、平らな印象のものであった。

幾日ぶりであろうか、二人は間近で向き合った。

「変わりはなかったようだの早苗。落ち着いたよい表情じゃ。美しさが輝いておるわ」

のんびりとした口調の政宗だった。そう演じているのであろうか。

「御無沙汰(ぶさた)を致し申し訳ございません。大坂屋弥吉(おおさかややきち)様に、上町代(ちょうだい)の皆様方に引き合わせて戴いたり、下町代の集まりに出させて戴くなどで動き回っておりました」

「それはいい事をした。それならば暫く京を離れて江戸へ旅しても大丈夫じゃ」

「はい。大坂屋弥吉様も、その辺りのことを考えて下さったようでございます」

「汗水流して一代で、畿内一の大昆布問屋を成功させた苦労人だけのことはあるな」

「本当にそう思いました。その最中(さなか)に塚田孫三郎(つかだまごさぶろう)が風邪をこじらせ、高い熱が続き私(わたくし)も藤堂貴行もいささか慌てましたけれども……」

「それはいかぬな。で？……」

「はい。三、四日で熱は下がり、今はもう平常通り店に出て忙しく働いております」

「そうか。なによりじゃ。鍛え抜かれた体ゆえ風邪ごときで、そう簡単には参るまいが、どうしてもの場合は遠慮のう順庵先生に診て貰(もら)うがよい。胡蝶の面倒もひとつ宜しく御頼み致します、といつだったか私からも丁重に頼んであるのでな」

「はい。有難うございます。ところで政宗様……」

と、早苗の表情がここで曇った。

「なんじゃ」と政宗がゆっくりと歩き出し、早苗がほんの僅かに遅れるかたちで、左の肩先を政宗の右肩下あたりに軽く触れ合わせた。二人の背丈の違いは僅かだ。

「余程の事がございましたのですね」

遠慮がちに、名刀匠陣座介吾郎と同じ言葉を口にした早苗であった。

「額と手の傷のことを言うておるな」

「傷口は塞がっておりまするけれど、まだ生生しさがそのまま残ってございます。ついこの間のことでございますのね」

「うん。ついこの間のことだ。不覚を取った」

「不覚？　政宗様が、でございますか」

早苗が驚いて立ち止まる。信じられぬ、という表情であった。

「そうだ。私が不覚を取った」と、政宗は歩みを止めない。

早苗が二、三歩を急いで、彼に並んだ。

「その不覚によって、紅葉屋敷を奪われてしもうてな」

「え？　いま何と申されたのでございますか」

「紅葉屋敷を奪われてしもうた、と申したのだ」

「？……」

早苗はまた足を止め、紅葉屋敷の方を振り向いた。今度は政宗も立ち止まる。

「ははは、すまぬ。いきなり、このような事を申しても信じられぬであろうな。しかし、さきほど早苗が訪ねようとしていたあの紅葉屋敷は、もぬけの殻なのだ」

「ご冗談でございましょう？」

「冗談ではない。今の紅葉屋敷には誰も住んではおらぬ」

「そんな……一体、誰によって紅葉屋敷を奪われたのでございましょうか」

「京都所司代……つまり幕府だ」

「幕府……」と、早苗の顔色が変わった。

「順を追って、話さずばなるまい」

「詳しくお聞かせ下さりませ」

「うん。歩きながらな……」

政宗は早苗を促して歩き出し、紅葉屋敷に手練集団の侵入があってから以降のことを打ち明けた。

聞き終えた早苗に、言葉はなかった。うなだれていた。全ての原因と責任は、自分とその一党にあると思っているのであろうか。

「悩むでない早苗。此度の件は、そなたに原因があるとは思うておらぬ」

「…………」

「今は話せぬが、原因は私がつくったのだ。ある件を引き受けたばかりにな」

「…………」

「時が来れば話して聞かせよう。だから気にするでない」

原因は私がつくった——政宗は、二条城・将軍の間『白書院』であった十数名相手の死闘のことを言っているのだった。四代将軍徳川家綱の〈徳川将軍史に残してはならぬ京への上洛〉が絡んでいるため、いかに早苗相手であっても迂闊には話せない。

早苗がようやく面を上げた。目に涙が滲んでいた。

「では御方(おかた)様は……母上様は今、吉田山のその手狭(てぜま)な雪山旧居にいらっしゃるのですね」

「母は意外と雪山旧居を気に入っておいでじゃ。広縁からの眺めは雄大であり周囲(まわり)の環境も花咲く木や実のなる木などが多うてな」

「これから吉田山を御訪ねしても、失礼にはなりませぬか」

「早苗が訪ねてくれれば、母は喜ぶであろうな。そなたは母にとって、すでに特別の人ぞ。遠慮せずともよい」

「勿体(もったい)のうございます。それでは、これより吉田山を御訪ね致します」

「うん。ところで手にしておる風呂敷包みの中は何であるのかな」

「政宗様の御着物を縫い上げました」

「なに。私の着物を縫ってくれたとな。どれ……」

歩みを緩めた政宗が微笑み、風呂敷包みに手を伸ばそうとすると、早苗は小さく身をよじった。

「駄目でございます。先ず母上様に見て戴き、充分でないところがあれば縫い改めねばなりませぬゆえ」

「うむ。ならば楽しみに、暫く待つと致そうか」

「では、ここで御別れいたします」

「吉田村に入る迄は、人の通りが少ない場所がある。前後左右、油断するでないぞ」

「はい」

「懐剣は忍ばせておるのか」

「早苗にとっては、枯れ枝の一本も、石礫の一つも、いざという場合の武器となりまするゆえ、ご心配ありませぬよう」

「そうか。そうであったな。では気を付けて行くがよい」

「ご免下さりませ」

　早苗は水戸徳川家京屋敷の角を、御所の方角、東へと折れていった。

　政宗は、そのまま真っ直ぐに進んで竹屋町通に入ると、右へ曲がった。

　行き先は西の幕府、京都所司代であった。

四

所司代永井伊賀守尚庸は、「風邪で臥せっておりまして熱も高うございますことから、向こう四、五日、どなた様とも御会いにはなりませぬ。伝染ようなことになっては、大変でございまするゆえ」、という応対に出た上席与力の言葉であった。慇懃であり誠実そうな印象のその与力の言葉を信じ、とも角も政宗は所司代をあとにした。どうしても今日永井伊賀守に会っておかねば、という急いた気持などはなかった。母千秋が、雪山旧居を意外にも気に入っているらしいことが、その理由だった。

所司代の次に目指す場所は、決まっていた。そこは「早く顔を出してやらねば」と、ずっと気になっている場所であった。今の政宗にとっては、ある意味で所司代よりもむしろ大事な場所だった。少なくとも、彼はそう認識している。

「それにしても、あの与力……」

と政宗は呟きながら、東へ向かってゆっくりと歩みを進めた。先程別れた所司代与力に、「松平政宗です……」と、初対面の挨拶を交わそうとしたとき、相手の表情はすでに身構えていた。悪く捉える意味ではなく、いい意味でだ。つまり与力は政宗の容貌、姿形をすでに知っていたことになる。あるいは身分素姓さえも？

「ま、所司代与力ともなれば……」

政宗は呟きを途中で打ち切って、やや足を早めた。

三条通を、武家屋敷の手前で一本南へ下がり、その道、誓願寺通を七、八間進んだとき、政宗の背後で、彼さえも予知できなかった〝変化〟が生じた。

「政宗様、誓願寺の境内へ御入りください」という囁き声が後ろから掛かったのだ。

政宗はそれには応えず、彼方の右手に鬱蒼たる繁みを覗かせている浄土宗西山深草派総本山誓願寺へ視線をやった。

誓願寺という寺名はその〝字格〟が尊ばれるのかどうか今、京都の他に弘前、秋田、山形、静岡、尾張（二か所）、丹波篠山、福岡の七か所に八寺があって、うち浄土宗が五、真言宗が二、臨済宗が一であった。

政宗は誓願寺の山門を潜り、常緑樹と色付き始めたモミジが混在して繁茂する広大な境内へと入っていった。

「人目につかぬ方がよいのだな」と、政宗は背後へ声低く問うた。

「はい」と、小声が返った。従う者であるかのような、小声の響きであった。

政宗は木洩れ日が枝枝の間から辛うじて降ってくる森の奥まで入っていった。

この誓願寺の敷地がどれくらいの広さかと言えば、おおよそ一万坪はあろう。まぎれもなく大寺院である。

二条城の内濠に囲まれた〝本丸域〟がおおよそ六千坪であろうから、それよりも遥かに広大だ。

「この辺りでよかろう」

「はい」と、相手が応じた。神妙な調子だった。

政宗は振り向いた。目の前に商人の身なりをした大男——というよりは入道——が立っていた。鞍馬最奥の尼僧修行院である『想繼院』の守護剣僧二百二十二名を差配する三林坊であった。

「今日はまた商人の身なりが、ことのほか似合うておるな三林坊」

「政宗様……」と、巨漢入道は先ず地に片膝をついて、畏敬の念を示した。

「そのような冗談を口にするのは止せ、と言わんばかりの険しい面相じゃが、私をどの辺りからつけていたのかな」

「紅葉屋敷を出られたところを、三、四十間離れた位置から、お見かけ致しました」

巨漢入道は地に片膝をついた姿勢のまま、言った。

「さすが三林坊。つけられていたとは気付かなんだわ」

「無作法お許し下されませ。声をお掛けしようにも、人の往き来が多うございまして」

「夜の京は賊徒の跋扈で震え上がっておるが、昼間の京は人の往き来ことのほか激しく案外に元気じゃ。で、三林坊は何用あって、鞍馬から下りて参った?」

「何用あって、ではございませぬぞ政宗様」

「紅葉屋敷のこと、もう耳に届いておるのか」

「奥鞍馬に在っても、我らの目耳は常に政宗様の方を向いて、心配してござる。我らだけではござりませぬぞ。京の寺院高僧のかたがたに於かれても、政宗様のことは口には出さずとも陰では気遣うてござる。幕府権力で紅葉屋敷を追放されたらしいという聞き捨てならぬ情報が、我らの耳に届かぬ訳がありませぬ。政宗様、このような重大事、どうして直ぐ様お知らせ下さいませなんだか」

「そう怒るな三林坊。奥鞍馬へ心配かけたくはなかったのじゃ。それにな、幕府から新しく与えられた白鷺雪山という朱子学者の旧居をな、母上がことのほか御気に入りなのじゃ」

「これは情なや。幕府から新しく与えられた、とは何たる言い様でございまするか。そもそも紅葉屋敷は、政宗様のため法皇様が御下賜くだされた大切な御屋敷。幕府には何の関係もありませぬぞ」

「三林坊。そなたの言うことは正しい。だが今の世は徳川の天下なのじゃ。馬鹿馬鹿しいとは思うても、民家はもとより田も畑も山も河も海も全て徳川のものなのじゃ。この馬鹿馬鹿しさを笑うて我慢するしかない現実に、私も、そなたも生きておる」

「しかしながら……」

「まあ聞け三林坊。私は徳川の世が長く続くとは思うておらぬ。徳川幕府がいまやっておるのは委託政治じゃ。一見すると中央の幕府で全権力を掌握しているようには見えるが、実体は各大名の勝手気儘に任せた委託政治が、まとまりなく諸国で展開されておる。違うかな」

「は、はあ……」

「重要な部分で足並が揃うておらぬこのような委託政治が、つまり徳川の世が永久不滅とは到底考えられぬわ。私はな三林坊、徳川幕府は恐らく数十年後には政治的にも財政的にも苦難に直面し、更にその数十年後には徳川の基盤そのものが軋み出し、次の数十年後には完全に崩壊すると見ておる」

「崩壊……でございまするか」

「そうじゃ。侍の世の終りじゃ」

「で、何の世になるのでございまするか」

「人人の世になるであろうな」

「人人の？」

「全ての人人が世の中の表に力強く飛び出す時代となろう。百姓も職人も商人も駕籠舁きも高瀬川の舟曳きも、な」

「申されていることが、私にはよく判りませぬ」

「侍の世とは違った新しい力強い世が出現する、ということじゃ。だから紅葉屋敷が幕府の手に渡ったことなどは小さい小さい」

「いいえ、それは少しおかしゅうございまする。なるほど百年か二百年後には新しい世が出現するのかも知れませぬが、それに対応した新しい道理や思想や道徳などは必ずや今とは姿を変えて生まれてきましょう。つまり、今は今でございまする。今の世は今の尺度で、眺め、考え、喜び、腹を立てねばなりませぬ。法皇様が御下賜くだされた紅葉屋敷を徳川幕府が奪いしこと、今の尺度で怒りを示さねばなりませぬ」

「どう腹を立てよというのだ」

「此度ばかりは、あの温厚なる夢双禅師様が激しく御立腹でございまする。徳川はそこまで無謀をするか、と涙して仰せでありました」

「三林坊。禅師様はもしや……」

「禅師様は考えに考えた挙げ句、華泉門院様ともよくよく御相談なされ、二日前の早朝、早馬にて諸方の霊山寺院へ檄を飛ばされました」

「なんと……」

「檄文の内容は私は知りませぬが、恐らく今日あたり二万に近い剣僧、僧兵が諸方で弓矢・鉄砲を整え待機状態に入っておりましょう」

「いかぬ。それはいかぬぞ」

「ですが矢は放たれました」

「いや。矢はまだ放たれてはおらぬ。屋敷一軒が個の所有者から幕府へ移ったことなど小さな事じゃ。それを理由としてこの京で争いが生じるなど、この政宗は断じて承服せぬぞ」

「しかしながら……」

「二万に近い僧兵と、幕府の大軍とが、もしこの京で衝突してみよ。酸鼻極まるは罪(つみ)なき百姓町人ら町衆ぞ。二万の僧兵が立ち上がるなら、この政宗、腹を切って京の人人に詫(わ)びねばならぬ」

「は、腹を切るなどと、とんでも御座居ませぬ。親王様が口になさる言葉ではありませぬぞ」

「私は自分を親王などとは思うておらぬわ。野(や)にある一介の素浪人じゃ」

「いくら政宗様がそのように思いなされようが、法皇様の血を受け継いでおられる現実は消しようがありませぬ。その現実がある限り、朝廷を意識し警戒する徳川の政治は、大小さまざまな形となって今後も政宗様の身辺に出現致しましょう。好むと好まざるとにかかわらず」

「紅葉屋敷を奪われしは、徳川の政治の我に対する一つの形と申すか」

「御意」

「ならば徳川の好きなようにさせておけい。二万の僧兵が起ち上がること、まかりならぬ」

言い終えて政宗の双眸がギラリと光る。

その目を、三林坊は片膝を地に着けた姿勢のまま下から、睨み返した。

「そうは参りませぬ。徳川の好き勝手にさせておけば、いずれ朝廷に向かって決定的な牙を剝くことになりましょうぞ。夢双禅師様や華泉門院様の御心配が、そこにありまする」

「父上……いや、法皇様や御門が徳川の政治によって御所から追放される危険がある、と言うか」

「ありまする。それでなくとも徳川の政治は今、あらゆる規制を朝廷に対して強制いたしておるではございませぬか。公家衆法度や禁中並公家諸法度、それに勅許紫衣之法度などの悪法はその最たるもの」

「だが徳川の政治は朝廷・公家に対し、生活の糧を保障してくれておるではないか。確かに充分とは言い難い保障ではあるが、それでも戦の無うなったこの世で、朝廷も公家も何とか生き長らえておるのだ。二万の僧兵が起ち上がれば、この生活の保障は打ち切られ、朝廷・公家はたちまち困窮しよう。そうなれば、どうするのだ三林坊」

「…………」

三林坊は答えず、唇を噛んで政宗の額と左手の切傷痕を上目使いでじっと見つめるだけだった。

「生活の保障、などという言葉は下世話かも知れぬ。じゃが、それこそ現実ぞ。法皇様や御門が今以上に苦しむような事があってはならぬ。強大な徳川の政治に押さえつけられて、朝廷はいま耐えに耐えておるのじゃ。我慢しておるのじゃ。そのことを思えば、私が紅葉屋敷を追い出された事など小さなこと……違うか三林坊」

「………」

「ともかく、この京に於いて、徳川相手に争いを起こしてはならぬ。ひとたび争乱が起これば、京は再び灰燼に帰す。そうなれば幾万、幾十万の流浪の民が生じることになろうぞ」

「………」

「三林坊。奥鞍馬へ戻る前に、吉田山の雪山旧居に我が母を訪ねよ。訪ねて母上ともじっくり話を交わしてみよ。おそらく母上は私と同じことを言われるであろう」

三林坊は、またたきもせず政宗に注いでいた上目使いの視線を、フッと地面へ力なく落とすと、小さく一呼吸をしてから漸く立ち上がり、丁寧に頭を下げて政宗に背を向けた。

「それほど私のことを心配してくれるそなたに、大感謝じゃ三林坊。礼を申すぞ」

歩き出した巨漢入道の背に政宗が声をかけると、三林坊は微かに嗚咽を漏らし足早に離れていった。

政宗は天を仰ぎ、溜息をついた。

「この京は、これからが大切な時なのだ……絶対に争いの時代へ逆戻りしてはならぬ」

呟いた政宗は、暫くの間、誓願寺の森の中に身を置いて、野鳥の囀りに耳を傾けた。

五

鴨川べりに舞台を設けて催されている河原歌舞伎の周辺は今日も大変な賑わいだった。三、四十軒の屋台が軒を連ね、飴や菓子、うどん、そば、雑煮、甘酒、ところてん、田楽などが売られていた。河原歌舞伎の興行中は只値に近い格安で食せる習慣になっているので、どの屋台の前も大人や子供たちが鈴なりである。

これら屋台の出店には、所司代や奉行所からそれ相当の経費の補塡があることも慣例になっていた。

政宗が小屋の裏手に設けられている楽屋口を潜ろうとすると、「若様……」と後ろから控え目な声がかかった。

政宗が振り返ると、河原に住居を置く貧しい者たちの差配である権左が、目を細めにこやかに立っていた。

「やあ、権左殿。五周年記念の興行はどうやら大成功のようではないか」

「よう来て下されました若様。有難うございます」と、権左は丁重に腰を折った。

「早くテルが演ずるのを見なければ、と気は急いていたのだが、何やかやと用があってな。遅くなって、すまぬ」

「おや。額と左手の傷痕、どうなされました。まだ生生しゅうございまするぞ。あれこれ色色と心配いたしておりましたが、矢張り何か大事がございましたか」

「大丈夫じゃ。もう終った」

「左様でございまするか。歌舞伎興行中は私も、右腕となってくれている若い者たちも、とにかく忙しい日が続いておりましたゆえ、若様の御身辺に充分目が届きませず、申し訳ございませぬ」

「権左殿のその優しい気配り、いつも申し訳ないと思うほど嬉しく思うておりますよ。母上がな、一度権左殿やテルなど子供達を、夕の膳に招きたいと申しておるのじゃが受けて戴けぬか」

「め、滅相なことを申されてはなりませぬ。私共には私共なりの厳格な不文律というものがござりまして、誰もがそれを我等の王道と心得、大切に守っておりまする。お判り下されませ若様」

「ふむう。権左殿は相変わらず律儀じゃなあ。ま、そこに権左殿の人間としての熱い魅力があるのだが、も少し気楽であってくれてもよかろうに」

「恐れ多いお言葉でございます。さ、若様、ともかく小屋の中へ。座は今日が最終でござりますゆえ」

「うん。確か、そうであったな」

「しかも今、午後の最後の舞台が演じられております。まもなくテルが出る山場でござりますゆえ」

「おう、それは見逃がしてはならぬ」

政宗は権左に背を押されるようにして、楽屋口を潜った。楽屋口とは言っても大層なものではない。余人が入らぬよう六尺棒を手に番をしている老爺が一人いるだけの出入口に、(権)と黒く染め出された丈長な白い暖簾が掛かっているだけだった。(権)は差配である権左を示している。鴨川を挟んだこの広大な河原に於いては、ともかく絶大な力を有している権左であった。

「さ、こちらへどうぞ……足元にお気を付け下さりませ」

腰を屈め気味に権左が政宗の先に立って、小声で案内した。

役者の、凛とした声が聞こえてくる。

政宗は最前列端の桟敷の空席——予め用意されていたような——に案内されて腰を下ろした。桟敷席とは言っても、板を敷き並べただけの無造作なものだ。

だが舞台は違った。かなりの金をかけていることが見ただけで判る。

その舞台が、満員の客を前にいま正に最高潮に達しようとしていた。場面は、弁慶歌舞伎の十八番加賀の国『安宅の関』である。

「皆の者、くれぐれも油断するでないぞ。そろそろ鎌倉殿お達しの連中が訪れるやも知れぬ」

安宅の関守、富樫左衛門は関所広縁に両脚を踏ん張って立ち、腰を低くしいしい恐る恐る関所に入って来る者、出て行く者を礑と睨みつけながら、配下の侍たちに命じた。

そこへ一人の若侍が息を切らして、関所の外より駆け込んで来た。

「どうした牧原右門。連中が現われたか」

「はい。此処より七、八町のところを山伏姿の十六名が、こちらへ向かって来つつありまする」

「なに。十六名の皆が一様に山伏姿とな」

「しかと見届けましてございます。いずれの者も袖の短い浄衣を着込み、脚絆を当て、兜巾をかぶり、草鞋を履いておりまする。うち一人は見上げるような大男で、右手に大薙刀、腰に大太刀を帯び法螺貝を付け結び……」

「そ奴ぞ。そ奴こそ鎌倉殿より捕えよと厳命ありし九郎判官義経の、恐るべき守護法師武蔵坊弁慶じゃ。皆の者、その十六名命に代えてもこの安宅の関を通してはならぬ。十六名ことごとく捕えるのじゃ」

富樫左衛門の命令を受けて、関所を固める役人たちの間に緊張が走った。運悪く関所に入って来た商人職人たちや旅芸人一座は、関所の一隅へ押しやられ、関所役人たちは手に手に長槍を持ち、やがて訪れるであろう者たちの面前に立ち塞がるかたちで横一列に居並んだ。

富樫左衛門は広縁に立ったまま。

関所の片隅へ押しやられた商人職人たちや旅芸人たちが、一体何事が起こるのかと怯え、そっと顔を見合わせる。

重苦しい静けさが、関所を覆った。役人たちは誰一人として動かない。一方へ向けた顔がどれも強張っている。

やがて山伏姿の十六名が関所の入口に現われた。先頭に立つのは、右手に大薙刀、腰に大太刀を帯びたる身の丈六尺は超える大男。関所内に尋常ならざる気配が満ちているにもかかわらず、平然の態で入って来た。

十六名の山伏と、関所の中央付近で横一列に構える役人達とが向き合った。

このとき広縁に仁王立となる富樫左衛門が太刀の柄に左手を休め、右手は腰に当てて大声を発した。

「安宅の関の関守、富樫左衛門がお訊ね致す。そこの御坊たちは如何なる山伏ぞ」

声を掛けられ、先頭の大男山伏が富樫の方へ向き直った。

「我は東大寺の勧進する山法師讃岐坊でござる。面前に立ち塞がりしこの殺気立ったる御役人衆、一体何事があり申したか」

「なにっ。東大寺の勧進する山法師とな」

「左様。我について訊きたき事あらば遠慮は無用。何なりとお尋ね下され」

「我は関守。遠慮などする立場にはあり申さぬ。東大寺の勧進する山法師讃岐坊とは、口からの出任せであろう」

「これはしたり。なにゆえ我は己れを偽らねばならぬのか。我はこの世でたった一人の我。東大寺の勧進する山法師讃岐坊に相違ござらぬ」

「いや。承知でき申さぬ。そなたの偉丈夫、眼光、面構え、とても東大寺の勧進する山法師には見え申さぬ。我の懐に鎌倉殿より御達しのあった罪人の人相書あり。さあ、これをよっく見よ」

言うなり富樫左衛門は懐より一枚の人相書を取り出し、広縁より階段を一歩下りるや、十六名の山伏に対し突き付けるようにして開いて見せた。

「はあて、それは一体何者でござるか関守殿」

「判らぬか。判らずば教えて聞かせようぞ。この人相書の男は鎌倉殿より捕縛の厳命ありし九郎判官義経に、一心同体で付き従う怪力無双の武蔵坊弁慶つまり御坊、お主(ぬし)じゃ」

「なに。この儂(わし)がその下手糞(へたくそ)なる人相書の武蔵坊弁慶じゃと。うわっはっはっは、これはお笑いじゃ。なるほど武蔵坊弁慶なる悪僧の噂は旅のあちらこちらで耳に致したわ。なれどそのような悪僧と間違われては大の迷惑。武蔵坊の噂は、只(ただ)怪力だけにして無知無学の狼藉者(ろうぜきもの)の由(よし)。関守殿は我を無知無学の徒と見ておいでか」

「無知無学の徒でなければ、此処にてその証左を見せてみられよ」

「証左じゃと……そこまで我を弁慶と疑われるのか。その下手糞なる人相書で」

「ともかく証左じゃ。証左を示して見られよ。御坊は東大寺の勧進する山法師と大見得(おおみえ)を切られた。勧進聖(ひじり)ならば、勧進帳を読めようぞ。さあ、我等役人の面前にて見事勧進帳を読み聞かせてみられい」

「おう、百も承知。容易(たやす)きこと」

讃岐坊を名乗る身の丈六尺を超える山伏は、役人達から二歩ばかり下がって背負っていた笈を足元に下ろし、その中より一本の巻物を取り出した。

「読みまするぞ。よっく聞かれよ」

巨漢讃岐坊は六尺有余の身の丈を、グイと七尺にも伸ばしたる真っ直ぐな姿勢で巻物を開いた。

雷鳴のごとき朗朗たる音吐が辺りに響き渡った。東大寺の由来、伽藍の結構、焼亡の様子など名文句連なる長文の勧進帳が、一寸の途切れさえもなく力強く読み進められてゆく。

読み済んだるところは見事にくるくると巻き取り、読み進める部分は時にビシリと紙を鳴らして繰り広げ、臆する様など微塵もない巨漢讃岐坊。

「いかがじゃ。さあさあ、いかがじゃ」

読み終えた勧進帳を笈に戻した讃岐坊は、更なる大声を発して関守富樫左衛門を見据えた。

と、富樫左衛門は静かな表情で残り三段の階段を下り切ると、讃岐坊に向かって軽く頭を下げた。

「誠に御見事。この富樫左衛門、心より恐れ入った。非礼の段、御許しあれ。これで我等の役目は済み申した。どうぞ御通り下され」

「おお、得心下されたか関守殿。では遠慮のう通らせて戴こう」

讃岐坊は富樫左衛門に、きちんと腰を折ると、十五名の山伏を従えて歩き出した。

横一列に居並んでいた役人衆が二つに分かれて、山伏たちのために道を空ける。

その時であった。富樫左衛門が再び「お待ちあれ」と、凛たる声をかけた。

十六名の山伏の足が一斉に止まる。

富樫左衛門は、最後尾の山伏を指差していた。

「そこな一番最後の御坊。その華奢にしてどことのう品のある顔体つきが気になり申す。数数の荒行に耐えたる修験者にはとても見え申さぬ。念のため九郎判官義経でないことを、この目で確認させて下され。さ、こちらへよっく顔を向けられよ」

「………」

「どうなされた御坊。さ、我に向けて、顔をよう見せて下されい」

すると巨漢讃岐坊が「ええい、またしても大和坊。我等一同に迷惑を及ぼすか」と怒鳴りつつ列の最後尾へ駆け寄るや、富樫左衛門が指差したそのほっそりとした修験者を、蹴り倒した。

　これには富樫左衛門も「あっ」と小声を漏らして驚いた。

　だが讃岐坊は蹴り倒しただけでは腹立ちが収まらぬのか手にした金剛杖で、蹴り倒したその修験者を「くらえ、くらえ、この軟弱者が」と滅多打ちにし始めた。

　打たれる修験者が両手で頭を覆い甲高い悲鳴をあげる。

　ビシリッ、ビシリッ、と酷い音。

　このとき関所の一隅に押しやられていた旅芸人一座の間から、小さな人影が飛び出して、金剛杖を振りかざす讃岐坊に駆け寄った。

「やめてえ、やめてえ、ぶたないで……」

　まだ四つか五つの幼子であった。その幼子が泣き叫びながら巨漢讃岐坊の左脚に武者振り付いた。

　それでも讃岐坊が、鬼の形相で金剛杖を振り上げる。

「駄目え、駄目え、ぶっては駄目え」

幼子は讃岐坊の脚に食らい付き絶叫した。そして泣いた。必死であった。その子の母親らしい芸人が役人のそばまで駆け寄ったが、只おろおろするばかりだった。

讃岐坊が左脚を大きく揺さぶって、幼子を離そうとするが、幼子は泣きながら死んでも離さぬ必死の顔つきだ。

それどころか、富樫左衛門を睨み据え、震える大声で言い放った。

「お侍様、お侍様、武士に二言があってはなりませぬ。一度は、どうぞ御通り下され、と申したではありませぬか。その言葉を易易と裏返してはなりませぬ。約束したことを御守り下され。武士の二言は許されませぬ。この御坊達を御通し下され」

幕が下りるとヤンヤ、ヤンヤの大喝采であった。向桟敷からも更にその奥の町衆桟敷からも、舞台に向かっておひねりが飛んだ。白い紙で小さく包まれたそれが薄暗い客席の宙を、吹雪のように舞い飛ぶ。

天下の祇園歌舞伎の人気役者三人に付き添われて、讃岐坊つまり武蔵坊弁慶に武者振り付いた幼子ことテルが、舞台に現われて客席に頭を下げた。

「よう、テル之丈」だの「ええぞうテル之助」だのと勝手な呼び名が、おひねりと一緒に飛ぶ。

それが幼子の顔に当たらぬよう、人気役者三人がにこやかに着物の袂をテルの前に広げて受け止めた。

「若様……」

権左に耳元で囁かれて、政宗は「うん」と頷き腰を上げた。

彼の右肩におひねりの一つが当たった。

権左に先に立って貰って、政宗が舞台の裏手――楽屋――へ回ってみると、明日塾に対し日夜協力的で講師をも務めてくれている神泉寺の五善和尚と寿命院の真開和尚、それに医師の順庵達がいた。

「やあ、これは……和尚たちもテルの熱演を観に来られていましたか」

政宗は二人の和尚と順庵に、丁寧に頭を下げた。

「どれ……」

順庵がさり気ない素振りで政宗の額や手の傷痕を診、首筋や喉を軽く撫でて触診した。

「宜しかろ。治りましたな。大丈夫」

順庵が小声で言い、「御心配をお掛けしました」と、政宗はまた誰にともなく頭を下げた。権左をはじめ、五善、真開の両和尚が幾分ホッとしたように表情を緩める。

「明日塾の方は、何ら変わるところありませぬゆえ、御安心あれ」

真開和尚がやんわりと言った。言葉を選んでいた。

「ご負担をお掛け致し申し訳ありませぬ。ご尽力感謝致します」

「なんの……」と真開が目を細める。

真開も五善も、政宗が床に臥(ふ)している間、二度三度と雪山旧居を訪ねて、千秋から〝難しい事情〟など色色と聞かされていた。が、寡黙(かもく)な両和尚の表情は、いつもとほとんど変わらない。

「明日あたりから、また塾で子供達への教えを始めます。しかし、幾日もせぬうちに、京(みやこ)を離れて旅に出るやも知れませぬ。真開和尚と五善和尚には、また御負担をお掛けするかと思いまするが、ひとつ宜しく御助け下され」

「旅へ……ですか」と、五善がさすがに少し驚いた。

「どちらへ……と御訊きしても差し支えありませぬか」

と、真開が間をおかずに五善の言葉の後を、引き継いだ。

順庵も権左も、寝耳に水であったから、息を止めている。

「申し訳ありませぬ。行き先については、暫し御勘弁下さいませぬか」

政宗は口元に静かな笑みを浮かべて、応じた。柔和な表情だった。危険を覚悟で江戸へ発つ、とは間違っても言えなかった。

「そうですか。判りました。御留守の間は、責任をもって塾を引き受けました。御心配なさいまするな」

真開も静かな笑みを返し、五善は小さく頷いた。

「よし。私も講師として参加させて戴きましょうか。明日塾には以前より、関心があったのじゃ」

医師の順庵が切り出した。真剣な、まなざしだった。

「おお、それは有難いことです。順庵先生に御参加願えれば、講義の幅がますます広がります」

政宗は喜んだ。

「心と体の健康について、判りやすく子供達に教えてゆきましょう。真開和尚から聞いたところによれば、塾生の年齢は四、五歳から十二、三歳と幅がある由。いずれは心と体の均衡が崩れる時期に入っていきましょうから、儂の講義も少しは役に立ちますじゃろ」

舞台の賑わいは、まだ続いていた。客たちの「あ、トンッ」「あ、トンッ」「あ、トントントンッ」という唱和と手拍子が聞こえてくる。どうやらテルが求められて、何やら身振り手振りで舞っているようだった。

「テルは凄い。本当に凄い……あの子の才能を埋もれさせてはならぬ」

政宗が言うと、権左も順庵も和尚二人も真顔で頷いた。

そのあと権左が、やや声を低くして遠慮がちに言った。

「あのう、少し御話がございまするが、宜しゅうございましょうか」

「話？……一向に構わぬが」

この時にはもう、和尚二人と順庵は気を利かせてか、政宗と権左から離れ始めていた。

「私の部屋……と申しましても狭っ苦しい所でございますが、ともかく座頭の部屋まで御出下さいませぬか」

「判った。参ろう」

政宗は、権左の後に従った。

権左の部屋つまり座頭の部屋は、小屋の西側の端にあって、出入口には藍色の暖簾が低く下がっていた。

「私は此処で失礼させて戴きまするが若様は、どうぞ中へ……」と、権左が囁く。

「ん?……私一人が?」と、政宗は怪訝な目で権左を見た。

「若様に是非お会いしたいと、御客人が中で御待ちです。危険な御客人ではありませぬゆえ、どうかこの権左を御信じになって……」

権左の声が一段と低くなる。

「権左殿を信じているのは当たり前の事じゃが、それにしても私が今日のこの刻限に此処にいることを、その客人はなぜ存じおるのかな」

「今日に限らず、忙しい中、頻繁に顔を御出しなのです。この歌舞伎興行に温かなまなざしを注いで下さっている若様に御会いなさろうとして」

「ふうん……左様か。判った」と政宗は頷いて暖簾に手を伸ばし、権左がスルスルと退がりながら少し先の暗がりに向かって、自分の足元を指差して見せた。

暗がりから体格のよい若い男三人が現れ、権左が指先で示した位置に、座頭の部屋へ背中を向けて真っ直ぐに立つ。

「誰（だあれ）も若様に近付けたらあかんで。ええな」

「承知しました」

「たとえ将軍様や大僧正（だいそうじょう）様でもや。宜（よろ）しいな」

「はい」

その短い小声の会話は、政宗の耳へは届かなかった。

政宗は暖簾をゆっくりと左右に掻き分け、座頭の部屋へ入った。

「お……」

一歩入った所で政宗の動きが止まった。予想もしなかった人物が、荒造りな簡素な部屋の中にいた。

「これは、伊賀守様ではありませぬか」

「お待ち申し上げておりました」

床に両手をついて軽く頭を下げたのは、京都所司代永井伊賀守尚庸であった。

「伊賀守様、ご体調を崩されていたと聞きましたが、もう宜しいのですか」

「はい。所司代の仕事は色色と気遣うことが多く、さすがに少し疲れ果てました。お訪ね下されましたる日は、起き上がることもかなわず……」

「くれぐれもお気を付け下され。伊賀守様はこの京(みやこ)には欠かせぬ御方でありますゆえ」

「恐れ多いお言葉でございます。今日、このように無作法なかたちをとりましたること、御許し下され政宗様。どうしても、人目につかぬ場所で、お会い致したかったものですから」

「なんの。私も伊賀守様にお目にかかりたいと思うておりましたゆえ」

そう言いつつ政宗は、鉄瓶(てつびん)が白い湯気を立てている長火鉢を間に置いて、永井伊賀守と向き合った。権左の配慮なのであろう。どちらが上座でも下座でもない長火鉢の備え様(よう)であった。

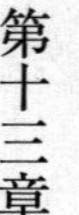

第十三章

一

「政宗様。このたびの大老酒井様の上洛に関しましては、一方ならぬ御力添えを頂戴致し、所司代として厚く御礼申し上げます」

伊賀守は改めて深深と頭を下げた。上洛した人物を〝大老酒井様〟と言い、家綱様あるいは公方様、とは言わなかった。

その事にはこだわらず、政宗は話を先へ進めた。

「して、朝廷を御訪ねなされた御大老酒井様の此度の目的は、うまく達せられたのでございまするか」

「さあ。その件については、所司代は全く聞かされてはおりませぬ。決して空惚けているのではなく、本当に何一つ知らされてはおりませぬ。今回ばかりは、重要な部分については終始、蚊屋の外に置かれておりました」

「ほほう……終始、蚊屋の外に、ですか」

「真実でございまする。私がこの小屋に日参して政宗様を御待ち申し上げておりましたのは、御屋敷替えになった件について御話し申し上げるためでございまする」

「私が己れの意思を失いし間に、問答無用とばかり為されてしまいましたな」

「お許し下され。なれどそれは、政宗様の御安全を確保するため、御大老の命令によってなされましたる緊急対処」

「なんと……御大老の命令による緊急対処であったと申されまするか」

「はい。あのまま紅葉屋敷に居られましたなら、再び何者とも知れぬ集団の奇襲を受け、危なかったやも知れませぬ」

「それにしても手の打ちようが余りにも早うございましたな……あ、これは私が意思を取り戻してから、母や下働きの者たちから前後の様子を聞かされて、左様に感じたまでですが」

「はい。まさしく緊急対処でございました」

「伊賀守様。御大老警備の番頭、唐木得兵衛殿が殺害された件について、御知りの事あらば聞かせて下さいませぬか」

「問題はそれでございます政宗様。警備番頭唐木得兵衛が殺害されしは、御大老上洛の二日目つまり酒井様と諸大名・高僧との接見があった日の夕刻。二条城東大手門に程近い酒井様京屋敷の御門前においてでございます」

「な、なんと……二日目の夕刻、酒井様京屋敷の御門前で、と申されまするか」

「はい」

「その日のその刻限、その場所でとなると……」

「東大手門の番士二名が、政宗様に向かって唐木得兵衛が丁重に頭を下げ挨拶申し上げるのを見届けております」

「その直後に殺害されたと？」

「はい。番士の話では、政宗様のお姿が竹屋町通を右に折れて見えなくなりました時、物陰より不意に飛び出したる深編笠の三人が、唐木得兵衛の背後から有無を言わさず斬りつけ、唐木は声もなく倒れたと言います」

「うぬ。なんたる卑劣」

「それを待ち構えていたように、酒井様御屋敷の南側、二条通の角から一丁の町駕籠が現われ、動かなくなった唐木を乗せて走り去ったらしいのです。アッという間の出来事であったと」

「どうやら、計画されていた襲撃のようでございますね」

「まさしく。番士は一瞬の間に生じ、一瞬の間に終った、と申しております。所司代へ駆けつけた番士頭の報告を受けた私は、これは紅葉屋敷へも累が及ぶやも知れぬ、と直感致しました」

「その直感が、御大老の指示である緊急対処に結びついたと言う訳ですか」

「あ、いや。そうではございませぬ。私はその事に関して、御大老とは接触致しておりませぬ。番士頭は所司代へ駆けつける前に、御大老の側衆として警護の任に当たっていた唐木得兵衛の腹心、落合五郎太に通報し、落合はそれを御大老に報告致しました訳で」

「なるほど、それで御大老から伊賀守様のもとへ指示が？」

「はい。しかしながら御大老酒井様が三千の隊列を組んで、おごそかに朝廷を訪ねる日を翌翌日に控え、京一円に厳戒態勢を敷く所司代としては、紅葉屋敷を護る充分な人手をどうしても割けませなんだ。どうか御許し下され」

　伊賀守は軽く腰を曲げた。

「なあに、お気になさることはありませぬ。朝幕関係にとって大事な日に京一円の警備を完全に致す事こそが所司代に与えられた責務。奉行所にしても、凶賊女狐の雷造一味の跋扈出没で、市中警備のための人手が足りなかったことでしょう。そのことは充分に理解しておりまする」

「そう言って戴けますると、心が安まります。しかしながら政宗様。多数の警護を紅葉屋敷へ回すことは出来ませなんだが、所司代きっての念流の手練れである三名の与力を紅葉屋敷の三方に潜ませてはあったのです」

「そうでしたか。ご配慮痛み入ります。で、その三名は無事であったのでしょうな」

「いいえ。残念ながら三名とも紅葉屋敷へ押し入った連中に殺られました。それも、抜刀もせぬうちに」

「なに。抜刀もせぬうちに、と申されますか」

「はい。三名とも凄まじいばかりの居合で殺られたと思われます。それこそ、一撃のもとに……」

「う、うむ……申し訳ないことを……で、三人に妻子は？」

「幸か不幸か、三名ともまだ一人身でございました」

「伊賀守様にとって大切な配下の与力に三名もの犠牲者を出してしまったとは……母が聞けばどれほど悲しみましょうか。本当に申し訳ありませぬ」

「所司代の与力同心にしろ、奉行所の与力同心にしろ、我が身に不測の事態が降りかかるやも知れぬことは常に覚悟しておりまする。この件は、どうか母上様の耳へは御入れ下さいまするな」

「しかし、それでは……」

「所司代伊賀守の御願いでございまする。どうか御入れ下さいまするな」

「左様ですか。判りました、それほど仰せならば……」

「それから政宗様。紅葉屋敷へはいずれ御戻りになれるよう、この伊賀守が責任を持ってその時期について考えまする。それまでは今暫く、雪山旧居で御辛棒下され。すでに吉田山に出入りする四本の山道全てで、私の配下が密かに目を光らせており、事あらば直ぐ様七、八人が雪山旧居へ駆けつける態勢が出来あがっております」

「有難いことです。が、伊賀守様。自分の住居は自分の手で護りますゆえ、吉田山に配置の配下の者たちを所司代の本来任務に、お戻し下され」

「吉田山への配置も、本来任務の一つでございまする。御気遣いなさいませぬように。さて、一人勝手に役所を抜け出て参りましたゆえ、そろそろ引き返さねばなりませぬ。ともかく、御会いできて、ようございました。これで失礼させて戴きます」

「数数の御心配、御配慮まことに恐縮」

政宗は丁寧に頭を下げた。

伊賀守も頭を下げ返し、そのあと懐から袱紗に包まれたものを取り出して長火鉢の上に置き、少しばかり政宗の方へ滑らせた。

「これは御大老警護の任に就いて下されました事に対する、心ばかりの謝礼でございまする。何かの御役に立てて下され」

「唐木得兵衛殿から伺っており申した。遠慮なく頂戴致しておきます」

「それでは私は、こちらの裏出口から人目につかぬよう引き揚げましょう。そのうち機会をつくって盃を交わしましょうぞ政宗様。私の方から声をおかけ致しまする」

伊賀守が、ようやく微笑んだ。

「喜んで……お待ちしています」

伊賀守が裏出口から姿を消すと、政宗は腕組をし目を閉じた。珍しく眉間に皺を刻んでいた。

「どうにも……判らぬなあ」

呟いて目をあけた政宗は、立ち上がって裏出口と向き合っている出入口から、座頭の部屋の外に出た。

権左に「誰も若様に近付けるな」と命ぜられ、座頭の部屋へ背を向けて立っていた若い衆三人が、振り向いて政宗を認め、暗がりに退がった。自然な動きだった。

ちょうど夕日が射し込んできている楽屋の出入口に、テルが何人もの大人に囲まれて立っていた。

だが権左や和尚たちの姿は、テルの周囲に見当たらない。

「あ、先生や」

まだ衣装も化粧も〝役者〟そのままのテルが、大人たちを押しのけ礫のように政宗めがけて走った。

それを腰をかがめて受けとめた政宗は、「よくやったなあテル」と立ち上がり幾度も幾度も小さな背中を撫(な)でてやった。

「本当に凄(すご)い演技だったぞ」

「ほんまに？」

「ああ本当だ。先生はな……」

政宗はそこで言葉に詰まってしまった。目の前が、かすんだ。

「どうしたん先生。泣いてんの」

「うん、感動して少しな」

「感動て、心が充実して嬉(うれ)しく震えること、やったね」

「そうだ。よく覚えているなあ」

「そら大好きな先生の弟子やもん」

「その通りだ。テルは先生の一番弟子じゃ」

「涙、拭(ふ)いたげる」

「うん」

テルの小さな指先が、政宗の目尻を撫でた。優しい指先の動きだった。その動きに、この幼子(おさなご)の心の豊かさ温かさが表れていた。

二

政宗が胡蝶の店先で足を止めたとき、夜の帷(とばり)は下り切って空には皓皓(こうこう)たる月があった。あの厄介(やっかい)な村山寅太郎がまた飲みに来てやしないか、と気遣いながら政宗は暖簾(のれん)を潜った。

今夜も賑わっている店内だった。鳥追(とりおい)女が二人いて三味線を鳴らし、大勢の客たちが酔った声で謡(うた)っている。

どうやら厄介な村山寅太郎は来ていないようだ。

調理場から顔を覗(のぞ)かせた塚田孫三郎と政宗の視線とが、騒いでいる客たちの頭の上で出会った。

(どうぞ……)と、塚田孫三郎が目配せする。

小さく頷(うなず)いた政宗が謡い騒ぐ客たちの間をさり気なく真っ直ぐに進んで、次にある長く重い暖簾を掻(か)き分けた。

この長い暖簾から先は、立ち入ってはならぬことを客たちは心得ている。

「早苗は帰っておるか」

「はい。先程戻られまして奥の離れに」

「訪ねてよいかな」

「何を申されます。直ぐに酒を運ばせますので、ささ……」

「いや。酒はいらぬ。それよりも塚田が風邪をひいた、と早苗から聞いたが、大丈夫かな」

「はい。もう、すっかり……」

「用心しなさい。風邪は万病の元ぞ」

「有難うございます」

塚田孫三郎と小声の会話を交わして、政宗は調理場口の裏手から庭先へ回った。

小笹や南天、万両などの植込みに挟まれた石畳を、緩やかに左の方へと曲がってゆくと離れ座敷の前に出、高柳早苗が広縁に正座をして月を眺めていた。短冊を左手に、筆を右手に持っている。広縁のあたりに忠犬桃（もも）は見当たらない。夜歩きでもしているのであろうか。

「あ、これは政宗様。御出なされませ」

「月を眺め、和歌でも作っておったのかな」

「はい。今日は吉田山にて母上様から、和歌の作り方を教わりましたものですゆえ」

広縁に上がった政宗から、腰の備前長船を正座のまま受け取った早苗が、ゆっくりと立ち上がって床の間の刀掛けに、それを掛けた。

二人は、座卓を挟んで静かに向き合った。彫りが凝った四本の短い脚で立つ畳半分ほどのこの座卓は文机とは違って、飲食や応接のためのもので、大きな商家ではぽつりぽつり見られるようにはなったが、大名屋敷などではまだ用いられていない。流行の品となるには、しばしの時が要りそうだった。

早苗がひっそりと先に口を開いた。

「雪山旧居を、母上様からじっくりと見せて戴きました」

「どうであった?」

「紅葉屋敷に比べれば小さな御屋敷でございますけれど、周囲の景色がとても美しゅうございました。母上様と少し、辺りを散歩致しましたのですよ」

「ほう。散歩をな」

「途中で所司代か奉行所の御役人らしき姿を一人二人見かけましたけれども、とくに深刻そうな印象ではありませんでした」

「そうか」

永井伊賀守が言った所司代の与力同心達ではないか、と政宗は思った。

「そなたが縫い上げた私の着物はどうであった。母上に気に入って貰えたか」

「はい。よく出来ている、と大層お誉め下さいました」

「それは何よりであったな」

「御屋敷へ戻られましたなら、直ぐにでも着て下さいまし。寸法に誤りはないと思いまするけれど、正すところがあれば大急ぎで直しますゆえ」

「うん。そうしてみよう。楽しみじゃ」

「着て下された御姿を見せて戴くのを、早苗も楽しみに致しまする」

「ところで早苗。村山寅太郎はこのところ、どうなのだ」

「はい。昨日、一昨日と続けて胡蝶に見えておりましたけれど、何やらムッツリとして、考え事を致しながら飲んでいる様子でございました。暗く険のある雰囲気を漂わせて」

「一人で来ていたのかな」

「昨日は一人でしたが、一昨日は初めて見かけます浪人二人と……二人ともあまり人相は、ようございませんでした。血の臭いのする印象、と申しますか」

「血の臭いのう」

「あのう、政宗様……」

「ん？」

「話は変わりますするが江戸へは、いつ発たれる御予定でしょうか。私は女でありますゆえ、道中の手荷物を軽くする意味で東海道の幾つかの宿へ、あれこれと先送り致しておきたい物がございます」

「おう、それもそうじゃな。この二、三日のうちに、と考えてはいたのだが、早苗の都合はどうだ」

「いつでも発てるよう、心の準備は出来ております。胡蝶を藤堂貴行や塚田孫三郎に預ける点につきましても、すでに申し送り事項は済ませてございます」

「ならば三日後（のち）の朝六ツ半過ぎ、馬にて一気に京から離れることに致そう」

「承知いたしました。では馬二頭は、藤堂貴行に準備させまする。藤堂は、京、大坂、奈良の馬事情にことのほか詳しゅうございますので」

「左様か。ならば任せる」

「今夜は、ゆるりとして戴きとうございますが、御屋敷の安全を考えますと、無理でございましょうね」

「いつかも申したとは思うが、刺客どもは私が不在の屋敷を襲うことはあるまい。彼等の狙いはあくまで、この私か早苗である筈じゃ。私に向かってくる彼等の武術の高さは、侍精神あるいは忍び精神の高さにつながるものと信じたい。私の留守を狙って母や家人を狙うとは思えぬ」

「それは、その通りかも知れませぬ。この早苗も配下の者たちも、これまでその精神で厳しい任務を遂行して参りましたゆえ」

「うむ」

「卑劣なことだけはしない。それが厳しい使命を遂行する私どもの心の救いでもございました。卑劣を行なえば、あとあと心も体も腐敗して参りましょうから」

「まこと、その通りよのう」

「で、いかがなされます？ いい御酒がございますが、御持ち致しましょうか」

「いや。今宵は酒はいらぬ。ところで早苗、雪山旧居に母を訪ねた折り、商人の身なりをした三林坊と申す眼光鋭い巨漢に出会わなかったか」

「お目にかかりました。とは申せ、母上様に何やら大事な御話を持って参られた御様子でしたゆえ、私は失礼させて戴きましたけれど……あの三林坊様は一体？」

「私の兄弟みたいなものだ」

「え、兄弟？ あの屈強そうな三林坊様がでございますか？」

「そなたのことだ。あの商人風の三林坊が、商人でないことは見抜いておろう」

「三林坊という御名前からして、もしや山法師ではございませぬか。それも、あの眼光は並の山法師ではないような気が致します」

「ははは、よう見抜いた。さすが早苗よ」

「畿内に於いては山法師は普通、比叡山延暦寺の僧兵を指し、東大寺や興福寺の僧兵である奈良法師とは分けて呼ばれているようでございまするけれど、江戸の幕府内部では双方とも山法師が通り名となっておりまする」

「ま、どちらの呼び名でもよいことだがな……」

「その三林坊様。法師姿にならば恐らく武蔵坊弁慶その人と見紛うでありましょう。三林坊様と、政宗様とは、どのような御縁続きなのでございましょうか」

「それについては、そのうち打ち明けよう」

「爛爛たる眼光の三林坊様でございましたが、二つの目は大層、美しく澄んでいらっしゃいました」

「うん。あれはいい法師ぞ。心も真っ直ぐで綺麗じゃ。本気で怒り出すと杉の巨木など一瞬のうちに引き抜いてしまうがな」

「まあ、怖い……」

「ははは っ。冗談じゃ。だが母上と三林坊との間で交わされた話の内容と結果がいささか気になるのでな、今宵はこれで引き揚げるとしようか」

「それでは三日後の朝六ツ半、馬二頭を伴なって吉田山の麓で御待ち申し上げます」

「とりあえずは、関の宿まで一気に参ると致そう」

「承知いたしました」

「お、そうじゃ。早苗には明日塾のテルという子について、話したことがあろう」

「はい。必ず次の時代を支える大変な女性になると、政宗様御墨付の可愛い幼子でございましょう。一昨日の昼九ツ半、私は評判を耳に致しまして河原歌舞伎を観て参りました」

「観てくれたか。で、どうであった」

「驚きました。あの子の演ずる表情、手足の変化の豊かさ、滑らかに流れる台詞、ほとばしる感情、とても四歳や五歳の幼子とは思えませんでした。政宗様のおっしゃいますように、あの子はきっと大成致しましょう」

「早苗にそのように見て貰えると私も嬉しいぞ」

「でも私たちが京を留守に致します間、明日塾は大丈夫なのでございましょうか」

「なに。力強く支えてくれる人達が幾人もいる。皆、一角の見識教養を備えた人達じゃ。私ひとりから学ぶよりは、幾人もの優れた人達から学ぶことこそ、幼い子供達には大切であると思うがな」

「明日塾の子供達、恵まれておりますこと。政宗様にそこまで大事に見守られて」

「明日塾で学ぶ子供達の家庭はな、余りにも貧し過ぎる。貧し過ぎるからこそ、学ぼうとする幼い心に激しく炎がついておる。音を立ててな」

「まこと、私もそれを感じました。テルという幼い子の舞台の上での輝きを見ておりまして」

「うん……早苗もな、テルやほかの子と道で出会うようなことがあらば、声をかけ頭を撫でてやってくれ」

「その場合、どのように名乗って、声をかければ宜しゅうございましょうか」

「私や私の母と、とても親しい間柄の者だとでも伝えればよいのかなぁ」

「はい。ではそのように心がけておきます」

「さてと……桃が見当たらぬが」

政宗は立ち上がった。早苗もしとやかに腰を上げ、床の間の備前長船を手に取って再び腰を下げ政宗に差し出した。

「桃はこの刻限になると町中を一刻ばかり全力で走り回るようになりました」

「ほほう……」

「おそらく筋力を鍛えるため、本能的に走り回っているのでございましょう」

「なるほど。賢いやつよのう」

「京を離れることは、村山寅太郎に気付かれぬ方が宜しゅうございましょうね」

「用心した方がよい。何をしでかすか判らぬゆえ」

「心得ましてございます。夜道、くれぐれもお気を付けなされませ」

「うん」

備前長船を帯に通し、政宗は早苗の部屋を後にした。

三

雪山旧居のほんの少し手前で、政宗は月を仰いで体の動きを止めた。考え込んでいた。

脳裏に、ずっと引っ掛かって、消えぬ人物が一人いる。室町通の呉服商常陸屋伊奈平に〝葵（あおい）染めの白花散らし〟の着物を預けての帰路、青白い月明りの武者小路で擦れ違った四十前後かと思われる侍。

（あの瞬間、私に向かって放たれた氷の如く冷たい静かな激しい〝気〟……あれはまぎれもなく正統剣法の最高奥義を極めし者の呼吸……示現流か、それとも小野派一刀流か……あるいは柳生？）

政宗は胸の内で声なく呟き、次に出会えば共に剣を抜くことになるのではないか、と思った。

「恐らく私は……一瞬で倒されるであろうな」

政宗は、ポツリと漏らして、雪山旧居の門を潜った。

玄関式台に政宗を出迎えたコウが、「母上様が御待ちでございます」と告げた。三林坊の件であろう、と政宗には判った。

母千秋の部屋は障子を開け放ち、月明りを迎え入れていた。

千秋はその月明りの中へ文机を移し、行灯（あんどん）を手元近くへ引き寄せて何やら書き物をしていた。

「只今戻りました。遅くなり申し訳ございませぬ」

帯より備前長船を抜き取った政宗はそれを右の脇に置いて広縁に正座をし、頭を下げた。

「おお戻られましたか政宗。夕の膳は済まされましたのか」

「まだでございますが、後ほど茶漬などを戴きまする」

「お入りなされ。障子は、もう閉じてよい」と、千秋が筆を休ませる。

「はい」

政宗は母の部屋に入って障子を閉じると、文机のそばに座って備前長船は矢張り右の脇に置いた。

「書き物でございますか母上」

「この吉田山の様子が余りに宜しいのでな、日日の花鳥風月を書き残しておきたくなりましたのじゃ」

「それは宜しゅうございますな。文の才に恵まれし母上のこと。枕草子の清少納言や源氏物語の紫式部に劣らぬ注目の人となるやも知れませぬぞ」

「これこれ、母をからかうものではありませぬ」

「からかうなど、滅相もない。この政宗、尊敬する母上を軽んじるような言葉を口にしたことなど、これまで一度もございませぬ」

「そうじゃなあ。そなたは幼き頃より、この母が大好きじゃったからのう」

「はい。今も大好きな母上です」

「ほほほほっ。それでは清少納言や紫式部を目指して、この母も励んでみましょう」

「ところで母上。今日、高柳早苗と三林坊が相次いで訪ねて参りましたな」

目を細めて柔和だった政宗の表情が、そう言って少し厳しくなった。

「訪ねて見えましたよ。早苗殿は会う度に美しくなられて、瑞瑞しいばかりの教養に溢れ、そなたへと手作りの着物を持参して御出じゃった。三林坊は相変わらず全身から炎を噴き上げたる荒荒しい武辺者でありましたなあ」

「早苗の事はとも角として、三林坊と話された様子などを少し御聞かせ戴けませぬか」

「あれは本当に忠義者ぞ。政宗の事となると命を投げ出すことなど迷いもせぬ武辺者じゃ。それに心が曇っておりませぬなあ。純粋で純真で真っ白じゃ。それだけに、こうだと思えば一直線ぞ」

「心配は、そこにございます」

「その通りよのう。誤りを見落とし、過ちに気付かず、禍を招く恐れがある。

けれども人を引き付ける純粋無垢なる精神と激しいばかりの統率力には、見習うべき点が多いと、この母は感じております」

「まこと仰せの通りかと」

「三林坊は私の前に正座するなり、何の前置きもなくいきなり、こう切り出しました。朝廷をお護りするため夢双禅師様を頂点に置く二万の僧兵が決起して江戸幕府と対峙すれば政宗様は御腹を召されるでありましょうか、と」

「で、母上は、どう御答えになられました」

「そのような事態にならば政宗は悲しみの余り必ず自分の刀で自分の首を落とすであろう、と答えました」

「そうですか。そう、御答え下されましたか」

「腹を召す、ではなく、首を落とす、と聞いて三林坊のあの修羅の如き勇ましき面相が、たちまち蒼白になりましたなあ。可哀そうに。三林坊は、政宗がそう言った状況に追い込まれることなど、微塵も考えたくはないのじゃろう。すっかり肩を落としておった。少し脅し過ぎたやも知れませぬ」

「いや。三林坊は気骨の人間ですゆえ、それくらいの言葉で御答え下されて丁度宜しゅうございましょう」

「政宗……」

「はい？」

「いずれにしろ、この京は二度と戦に巻き込まれてはなりませぬ。法皇様も御門も、この母と同じ考えであると信じます。ましてや、政宗が住む紅葉屋敷が雪山旧居に替えられし事が、戦の口火となることなど、絶対にあってはなりませぬ。屋敷替えなど小さな事じゃ。もしも屋敷替えが口火となって、朝幕関係が険悪とならばこの母も即刻、命を絶ちましょう」

「母上が命を絶たれることなど、この政宗が認めませぬ」

「この母も、政宗が命を閉ざすことなど認めとうはない。だから政宗、奥鞍馬に向けて発ちなされ。夢双禅師様や華泉門院様に会うてきなされ」

「私もそれを考えておりました」

「考えているだけでは、間に合わぬやも知れませぬ。今宵、直ぐに発ちなされ。コウが馬の用意をすでに整えておる。茶漬を食し、直ちに発つがよい」

「母上……」

さすが我が母上、と政宗は感服した。

「ところで政宗。そなたが何時ぞや申していた江戸への出立は、どのようになっておるのじゃ」

「三日後に京を発とうかと考えております」

「三日後にのう。判りました。では、それなりの準備を整えておきましょう」

「有難うございます。それから母上……」

政宗は懐から袱紗に包まれた金包み四つを取り出し、文机の上に置いた。

「百両ございます。明日塾のために使う積もりでおりますが、暫く御預かり下さいませぬか」

「百両もの大金を、どうしたのじゃ」

「はい。実は……」

政宗は河原歌舞伎の座頭の部屋で、所司代永井伊賀守と会うた時のことを、余さず打ち明けた。

「そのような事がありましたのか。それにしても、いささか腑に落ちませぬなあ」

「屋敷替えを元に戻すことが、ですね」

「幕府の指示で、所司代が屋敷替えに動いた事は間違いないのじゃ。それを、いとも簡単に元へ戻すなど、この母には納得できませぬ。余程のことが、その事を決めた背後にあるのやも知れぬ」

「私も、そう思うております。が、宜しいではありませぬか母上。所司代の好きなようにやらせておきましょう」

「こちらが機嫌を損ねても仕方のない事ゆえ、黙って眺めているのが一番よいのであろう。幕府の権力が好き勝手を振る舞うのは、今に始まった事ではありませぬから」

「私が江戸へ発った後（あと）、明日塾で必要が生ずれば、母上の判断でこの百両は自由に御使い下さい。貧しい子等（こら）のために」

「そうよのう。そう致しましょう」

「明日塾には、抜きん出て優れた子が幾人もいる、と母上に申し上げたことがあるかと思いますが、その中でも間もなく五歳になるテルという幼子（おさなご）が特に光り輝いております」

「テル……いい名じゃ。夜鷹の子ですかえ？」

「いいえ。鴨川の河原に居を置く貧しい者の子で、その利発さには寿命院の真開和尚も神泉寺の五善和尚も舌を巻いております」

「なんだか会うてみたいのう」

「私が京を留守にすれば、母上も淋しくなられましょう。明日塾の子等をこの雪山旧居へ招かれてはいかがです」

「おお、それはいい考えじゃ。とくにテルという幼子には会うてみたい」

「テルは、大人になったら先生の嫁になる、と言うてくれております」

「ほほほほっ。ますます可愛い子じゃなあ」

「では母上。奥鞍馬へ発ち、明日の夕刻までには戻って参ります」

「華泉門院様にも夢双禅師様にも、はっきりと御自分の考えを伝えなされ。この京を二度と戦の炎の海に落としてはならぬ、とな」

「ええ。必ず説得いたします」

「夜の京は物騒じゃ。用心して行きなされや。あ、それと、発つ前に早苗殿が作って下された着物に手を通してみることじゃ」

「はい。では、御免……」

政宗は母千秋に頭を下げると、静かに立ち上がって部屋を出た。

四

愛馬疾風(はやて)に体を預けてゆっくりと吉田山を下りた政宗は、ちょっと考え込む様子を見せた。月明りは頭上より眩(まぶ)しいばかりに降り注いで、草木も道も青白く染まっている。

「この刻限では無理か……」

呟いた政宗であったが、「駄目なら駄目でよし……」と呟き直し軽く手綱を左へ引いた。

疾風は畑の中の畦道(あぜみち)を小駆けで西へ向かった。この畦道は、鴨川の土堤下までほぼ一直線に伸びている。

小駆ける疾風の蹄(ひづめ)の下から小さな土煙りが舞い上がって、月明りはそれをも青白く染めた。

小さな神社を右に見、鈴なりの柿の巨木の脇を抜けて、四分の一里と行かぬ内に鴨川の土堤が田畑の向こうに見えてきた。

「ドウ……」

政宗は両手綱を絞って疾風の脚を鎮め、背にした吉田山の方を振り向いた。

青白き吉田山であった。が、樹勢著しく繁茂する中にある雪山旧居は、見える筈もない。雪山旧居の座敷からは眺望開けてはいても、こうして四分の一里ほども離れて振り返ると、その屋敷の屋根すらも見えない。

政宗は、ひょっとすると桃は今頃母千秋の座敷の縁下に潜んで辺りに目を光らせているかも知れない、と想像して微笑んだ。

「行くか疾風」

政宗は疾風の首筋を掌でポンと撫で叩いた。

疾風の小駆けが、再び始まった。一頭と一人は月下の鴨川に架かった荒神橋を渡った。それは明らかに、奥鞍馬とは反対の方角だった。

政宗は一体、何処へ行こうというのか？

橋を渡り切ると、それ迄とは全く異った深い静寂の世界が、政宗を迎え入れた。

ここでは青白い月の光までが、濃い静けさゆえか蜜柑(みかん)色であった。

橋を渡り切った所から道――荒神口通――は三、四本の枝道を有しつつも、真っ直ぐに続いていた。そして寺町(てらまち)通に突き当たっている。

橋の袂(たもと)からその寺町通までの僅(わず)かな間――おそらく三町(ちょう)ばかり――を公家屋敷や御所付与力同心屋敷などが埋めていた。

突き当たった寺町通にも、御所警衛伊賀衆御組(おくみ)、禁裏付与力同心御組、火消与力御組などがあった。御組とは組屋敷のことで、御所にかかわっている所司代支配下の役人たちの役宅である。

そういった環境であることを承知している政宗は、橋の袂(たもと)で疾風から下り、手綱を引いて歩いた。

どこかで夜鳩(よばと)が鳴いている。不気味と言えば、不気味な鳴き声だった。

政宗は荒神口通の突き当たりを左に折れて、寺町通に入った。右手に並んでいる伊賀衆や火消衆の屋敷の裏手向こうは、仙洞(せんとう)御所、女院(にょういん)御所である。

仙洞御所の仙洞とは仙人の住居(すまい)を意味し、転じて譲位した天皇すなわち上皇・法皇を神仙視して、その屋敷を仙洞御所もしくは仙院御所と称している。この御所には、政宗にその血を分けた後水尾法皇七十四歳が在わし、女院御所には徳川家より嫁いだ東福門院源和子六十三歳が在わす。仙洞・女院両御所の造営を指揮したのは、茶人としても知られた近江国の小藩一万石の大名小堀遠州で、両御所の造営が一段落したのは今より四十年前の寛永七年のことだった。その十七年後の正保四年に小堀遠州は従五位下遠江守の位で他界している。

以来、まだ二十三年の年月しか経っていない。

夜鳩が再び鳴いた。

月はなお皓皓たる明るさであった。

この時、通りの右手にある禁裏付与力同心御組の陰から、七、八人の侍がバラバラと現われ、政宗の前に立ち塞がった。警戒した疾風が首を上下に軽く振って鼻を鳴らす。

「この刻限に馬を手引いて何処へ行かれるのか。先ず名乗られよ」

月明りで四十半ばと見える侍が政宗を睨みつけた。その配下と思われる、あとの若侍たちはすでに左手を腰の刀にやり親指の先を鍔に触れている。

もちろん政宗には彼等が、禁裏付与力同心と理解できていた。

「夜の御役目ご苦労でござる。すぐその先、仙洞御所の寺町御門を開けて戴けるよう、案内して下さらぬか」

「な、なにっ」

政宗の言葉で、一気に彼等の間に緊張が走った。

「法皇様が在わす仙洞御所の御門を、しかもこの刻限に開けよとは聞き捨てならぬ。その方、何者か」

すると「これこれ……」という声が彼等の背後で生じ、その一瞬だけ月明りが雲に遮られた。

明りが戻った中で振り向いた彼等が認めたのは、三人の供を連れた一目で公家と判る綺麗な白髪の人物だった。

「これは大納言六条様……」

政宗を詰問した差配与力らしい侍が少し慌て気味に腰を折り、他の侍たちも畏まった。

大納言六条様と呼ばれた人物が、役人達の中へ静かに入った。

「ここは下居(おりい)の御門(みかど)が在わす御所の間近じゃ。荒らげた大声を発してはなりませぬ」

「ですが大納言様……」

「それそれ。その力み声を少し鎮めて下され与力殿」

「は、はあ……」

「ともかく此処は私(わたくし)に任せて、お退がり戴けませぬかのう与力殿」

「ですが何者とも知れぬあの若侍が、しかも無作法なる着流し姿で〝寺町御門を開けてほしい〟などとけしからぬ言葉を口に……」

「いいから、私に任せて下され」

大納言六条様なる人物は、やや口調を強めて言うと、そろりとした足運びで、にこやかに政宗の前へ進み出た。

目を細め、優しい柔和な老人の顔になっていた。

「お久しゅうございまする」

政宗が先に、丁寧に頭を下げた。

「ほんに、お久し振りでございまする。政宗様も、おすこやかな御様子」

と、老貴族もうやうやしく腰を曲げた。

この人物の姓名は六条広之春。朝廷に於ける最高位の統括官庁の職にある太政官正三位大納言であった。

この老貴族こそ「政宗」の名付け親であり、政宗が誕生してからほんの短い間父親代わりを務めた、その人であった。

政宗と老貴族の間にあるそのような事情を知らぬ禁裏付与力同心達は、半ば唖然とした様子で二人を見守った。あんぐり、とした顔つきの者もいる。

「さ、歩きましょう政宗様」

そう穏やかに促して六条広之春は、もと来た道に向け歩き出した。

政宗は疾風の手綱を左手にして、六条広之春を右に、肩を並べた。

二人のあとに――と言うよりは疾風のあとに――六条広之春の供の者三人が従った。少しばかり間を取って。

「今日はまた六条様。このような刻限にまで御仕事でございましたか」

「政宗様は恐らく御存知でございましょう。江戸より大層な客が朝廷に訪れましたこと」

「え、まあ……どなたが訪れたかは知りませぬが、二条の御城より御所まで、大勢の町衆に見守られて大行列が進みましたゆえ」

「その後片付け、と申すよりは後仕事で朝廷内は、てんやわんやでございます」

「ほう。それはまた……」

「とは申しても、此度の幕府ご上洛は禁裏や仙洞御所に極めて配慮の行き届いた親密的で穏やかなものでございました」

「それは何より。宜しゅうございましたな」

　政宗は自分の方から、あれこれと訊ねることは控えた。

「ところで政宗様。今宵はもしや仙洞御所を御訪ねになろうとして、わざわざこの刻限をお選びになられたのでは？」

　太政官六条の声は、低くなっていた。

「この刻限を選んで、と言う訳ではございませぬが、下居の御門に御目にかかりたいという願いは有しておりまする」

「矢張り左様でございましたか。では、この六条が下居の御門の御前まで御案内仕りましょう」

「有難や。助かりまする」

「下居の御門はこのところ、かなり遅くまで書き物に打ち込んでおられまする。この刻限の政宗様の御出には驚かれましょうが、それ以上に喜ばれましょう」

「父上は……下居の御門は変わらず、おすこやかであられまするか」

「ええ、ええ。お元気であらせられます」

「父上の日頃を、どうか御頼み申します。もう年でございますゆえ」

「おそばに仕える者皆、よくよく気を配っておりまするゆえ、御心配なされまするな」

「それを聞いて安堵致しました」

「ですが政宗様。月夜にも判りますその御顔の傷・御手の傷いかがなされました」

「道場での真剣による修練で、未熟ゆえ己れの剣で己れを傷つけてしまい申した」

「なんと。御自分で御自分を?」

「は、はあ」

「ま、そういう事にしておかれた方が宜しゅうござりましょう。御父君に余り心配をかけてはなりませぬゆえ」

「申し訳ありませぬ」

二人は仙洞御所の寺町御門の前まできた。

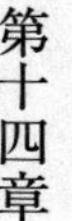

第十四章

一

仙洞御所接見の間。

御簾の向こうに薄ぼんやりと窺える御座に、政宗が会おうとする人の姿はまだなかった。

接見の間には、政宗ひとりであった。太政官正三位大納言六条広之春は「政宗様お一人でゆるりと御会いなされませ。この六条の役目はここまでで御座ります」と、退がっていた。自邸へ戻ったのか、それとも別の間に控えているのか、政宗には判らない。

と、人の気配が伝わってきた。

政宗は深深と腰を曲げて頭を下げた。

近付いてくる人の気配は、物静かではあったが急速だった。

自分の両手の間に視線を落とす政宗は、御簾が上がるのをその音で捉えた。

ここで政宗はゆっくりと顔を上げた。

腰を下げた父の笑顔が、すぐ目の前にあった。

「お久しゅうございまする」

「ほんに久しいのう。一段と凜凜（りり）しゅうなった、凜凜しゅうなった」

法皇後水尾政仁（ことひと）の手が、政宗の右の肩に優しくのった。父の手であった。温もりのある手であった。政宗は、そう思った。

「母はすこやかに致しておるか」

「変わりなく、元気でおりまする。幾日か前に近衛邸で催されました秋の和歌（うた）の会で、一番の出来と称されたとか、嬉（うれ）しそうでございました」

「なによりじゃ。ところでそなた、夕の膳は済ませたのか」

「はい。済ませましてございまする。お気遣い下さりませぬよう」

「では一献（いっこん）どうじゃ」

「は、はあ……ならば、厚かましく少し頂戴（ちょうだい）致しましょう」

「さあ、膝を崩すがよい。父と子の二人だけじゃ。月を肴（さかな）に盃を傾けようぞ」

あろうことか法皇は、政宗の前でニコニコと膝を崩し、胡座（あぐら）を組んだ。

あまり、ないことであった。いや、異例であった。政宗の来訪が、余程に嬉しかったのであろうか。

接見の間は、この刻限であるというのに、庭に向かって大きく開放され、月明りが父子の膝元まで差し込んでいた。

「一献どうじゃ」と政宗に訊ねた法皇であったが、それを誰に命じることもなかった。

だが政宗は、接見の間の広縁——政宗からは見えぬ北側のあたり——から足音が微かに遠ざかっていくのを感じた。侍女でも控えていたのであろうか。

「いい月夜じゃな政宗」

「まこと美しい月夜でございます」

「そなたの母も、今この月を眺めておるのであろうか。それとも、すでに床に就いたかのう」

「いいえ。この刻限ならば、母はまだ文机に向かって筆を走らせておりましょう」

「この素晴らしい月明りじゃ。和歌の才に長けたる母としては、やすやすとは眠れぬことであろう」

「まことに左様かと」

「それにしても、少な過ぎる」

「そなたの仙洞御所への来訪の機会が少な過ぎると申しておる」

「は？」

「あ、いや、そのう……」

「この父に会うのは面倒なのかのう」

「そのような事はございませぬ。野に在る自由な身分とは言え、この政宗、それなりに忙しゅうござりますゆえ」

「御所の中は行事や慣例や煩多な手続きが縦横に入り組んでおる。だが年齢七十四となりしこなそなたとしては、さぞや訪ねて来難い事であろう。野に在る自由の父は、そなたの事をいつも心配致しておるのじゃ」

「恐れ多い御言葉、有難く思いまする。ただ、御所内の行事や慣例や手続きを、面倒な存在などと眺めた事は一度もございませぬ。それはそれで朝廷を形造って天武朝より連綿と続いて参った重要なる朝廷文化であろうと解しておりまする」

ぬ」

「本心でございます。この政宗、それらを軽軽しく眺める姿勢を取りしことは一度としてありませぬ。また、そのような無作法な教育を受けた記憶もございませ

「本心であるか？」

「うむ。よう言うてくれた」

後水尾法皇は小さく頷いて目を細め、わが子を見つめた。満足気であった。

法皇の脳裏を一瞬かすめたものがあった。この子をもし次の帝に就かせれば朝幕の力関係はいささかなりとも好転するのではないか、と。

しかしその、一瞬の直後に法皇は（いやいや、この自由なるわが子を朝廷の内側へ引き込んではならぬ……）と、否定した。否定したことで自身に安堵した。

侍女が盆に御酒をのせて、やって来た。小さな小皿、そう呼ばねばならぬほど可愛い小皿の上に、それぞれ大粒の梅干が二つ宛。

それだけであった。

梅干の歴史は奈良時代に溯り、平安時代も半ばを過ぎる頃には格別に珍しくもない当たり前の食品となっていた。

「注がせておくれ」

法皇が大き目の急須に似た徳利を手にした。三、四合は入っていようか。

「いえ。先ず私に注がせてくださいい。作法を失すればそのうち必ず母上の耳に入り御叱りを受けまするゆえ」

微笑みながら政宗は父の方へ手を伸ばしたが、法皇は「よい」と、笑顔で促した。

「申し訳ありませぬ。それでは……」

政宗は木に漆が塗られた金色の菊の御紋入り平盃を手に取った。

平盃のゆるやかな凹みの中へ、法皇が静かに静かに御酒を注ぎ入れる。

「そなたの飲む姿が見たい。見せておくれ」

「行儀の良い飲み方は心得ておりませぬが……」

「そなたは野に在るのじゃ。自然でよい」

「では頂戴致しまする」

政宗は盃を口に運んだ。

それを見つめる法皇の目に、そっと涙が浮かび上がった。

「よくぞ育ってくれたものじゃ。立派な侍じゃ。ほんに凜凜しい姿ぞ」

思わず感慨無量を漏らした法皇であった。

「次は御父上でございまするぞ。さあ……」

「うむ」

御父上、と呼ばれたことが余程に嬉しかったのか、盃を手にした法皇が相好を崩した。

政宗は父の盃に酒を注いだ。今ここに血を分けた実の父と子がいる、という思いが強くなっていた。

法皇が口元へ運んだ盃を傾ける。

政宗は箸の先で梅干の実をほぐし、その一片を口にした。

法皇がまた政宗の盃を満たした。

「ほほう、御酒に梅干は初めてですが、これはなかなかに合いまする」

「この梅干は、私がつくらせたものじゃ。塩加減を控えて紫蘇を充分に合わせ、按配よく砂糖を加える。するとこのような味にな」

「母に申して、わが家でもつくってみまする」

「それにしても、よき月夜じゃなあ。梅干を肴の御酒に、月がよう似合うておる。そう思わぬか」

「思いまする。なかなかに……」

「〽世間(よのなか)は　空しきものと　あらむとぞ　この照る月は　満ち欠けしける」

不意に法皇後水尾政仁(ことひと)は謡(うた)った。気位に満ちた清(すが)やかな響きの声音(こえ)であった。

それまで口元に笑みを絶やさなかった政宗の表情が、スウッと真顔になった。

万葉集に収められたこの和歌(うた)には、重苦しい歴史が隠されている。

月の満ち欠けは世の中の無常を知らせようとするもの、という意味のこの和歌(うた)の背後には、今より九百四十一年前の奈良時代・神亀(しんき)六年に生じた『長屋王(ながやおう)の変(へん)』があった。俗に『豪族藤原一族の時代』と称される聖武(しょうむ)天皇の時代(みよ)の出来事である。

「御父上は、この和歌(うた)が御好きでございまするか」

「べつに好きでも嫌いでもない。昨今の朝廷と徳川幕府の関係について考える時、自然とこの和歌(うた)が口より出てくるのじゃ。自然とな……」

「矢張り左様でございましたか。御気持、判るような気が致しまする」

「存じておろうが、この和歌は今より遥か昔、奈良の時代に詠われたものじゃ」

「はい。長屋王の嗣子、膳夫王の自剄を悲しんで詠まれたものであると、承知致しております」

「長屋王は不運じゃった。余りにも不運じゃった」

「それに致しましても当時、栄耀栄華を極めた藤原不比等ら一族の野望は際限なく膨らみ、その権力は余りにも強大になり過ぎでございました」

「うむ。そうよのう。まこと強大となり過ぎであった」

「何としても天皇家との結び付きを強めんと欲する藤原不比等ら一族はその野望を確たるものとせんがため、政権を握っていた目障りな存在、正二位左大臣長屋王を〝謀反の企てあり〟として自害へと追い込み尚且つ夫人の吉備内親王とその子、膳夫王、桑田王、葛木王、鉤取王らにも自剄の道を選ばせました。露骨なまでに力ずくで」

「あの頃の帝は聖武天皇。その母は藤原不比等から出た藤原宮子。誰の目にも藤原一族は栄華を極めていたと見えようものを、一体これ以上の何を不比等ら一族は求めていたのであるのかのう」

「永久不滅でござりましょう」

「なに。永久不滅とな……」

「はい。朝廷が存在する限り藤原の一族も絶ゆることなく存在する。しかも朝廷の上に立つかたちで……その思いがあったに相違ありませぬ」

「なるほど。豪族の権力欲とは恐ろしいものじゃ。九百年以上も大昔の事じゃがなあ」

「聖武天皇が母藤原宮子様に〝大夫人〟の尊称を奉ったのは、確か聖武天皇が帝の地位に就いた神亀元年の二月のことでございました」

「うむ」

「同時に従二位右大臣であった長屋王も正二位左大臣に任じられたと、ものの本で学んだ記憶がござります」

「間違うてはおらぬ。その通りじゃ」

「その左大臣長屋王が藤原宮子様の尊称〝大夫人〟に異を唱えたのは……」

「翌月三月のことであったな。公式令に従えば〝大夫人〟の尊称は誤りで、〝皇太夫人〟と称することが正しいのではないか、と問題視したのじゃ」

「長屋王の律令を持ち出してのその異議主張により、藤原宮子様を文書に記す場合は〝皇太夫人〟とし、口頭の場合は〝大御祖(おおみおや)〟とする、と一件落着したかに見えました。けれども藤原一族のハラの虫は治まらず……」

「長屋王は今に天敵になるやも知れぬ、と恐れ出したのじゃ」

「はい。その結果、長屋王に悲劇が」

「さ、飲むがよい。共に酔い潰(つぶ)れれば、父と子、この御所で枕を並べて眠ろうぞ」

「………」

政宗は、父法皇が注(つ)いでくれる御酒を、黙って平盃に受けた。

そして次に子が父の盃を満たす。

二人は皓皓燦燦(こうこうさんさん)たる月明りの中で、静かに小さく頷き合い盃を口元へ運んだ。

「美味しい御酒であるのう」

「はい。なかなかに美味でございます」

「そなたと二人で楽しむ御酒は、また格別じゃ」

「私(わたくし)も同じでございまする」

「のう政宗……」

と、後水尾政仁は盃を膳に戻して、まっすぐに政宗の目を見た。

「大宮、いや東福門院がのう、一度そなたに会うてみたいと申しておるのじゃが」

「え。私のことは、すでに東福門院様の御耳に入っているのでございますか」

「当たり前であろう。そなたはこの後水尾の大切な子ぞ。東福門院の耳に入れて悪い筈がなかろう」

「ですが……」

「先先代の将軍徳川秀忠殿の娘であった和子が女御として内裏に入内したのは、あれが十三、私が二十四の時であった」

「ええ。そして寛永元年、和子様十七歳のとき立后の儀礼がとり行われました」

「ふふっ。よく存じおるのう」

「野に在りましても、私は御父上の血を分け戴きましたる子でございまするぞ。この程度のことを知らぬでは、仙洞御所の御門は潜れませぬ」

「和子を入内させし徳川には、九百年以上も大昔の藤原一族と同じ野心があったことは、疑うまでもない。だが入内した和子には、徳川のそのような野心などは、ひとかけらも見当たらなんだ。あれは本当に温順な人柄でな。優れた美しい素質に恵まれておった。年老いたる今でも見事に可愛い女性ぞ」

「十三年の間に二人の皇子と五人の皇女に恵まれしことを見ましても、御父上と和子様の仲睦まじさが想像できまする。恐らく和子様は、心情こまやかに御父上を支えて参られたことでござりましょう」

「まことにその通りであった。だからこそ、後光明、後西、霊元たちなど帝三代の養母をも務めることが出来たのじゃ。あれは本当に可愛くて偉い女性よ」

「私の生みの母が、矢も楯もたまらず御父上のもとを離れた気持が、判るような気が致します」

「そなたの生みの母、華泉門院には申し訳ないと思うておる。そなたにも、すまぬ気持を持ち続けておった」

「有難く勿体ない御言葉でございまする」

「ともかく一度、和子……東福門院に会うてやってはくれぬか」

「はい。そのうちに必ず……」

「そうか。会(お)うてやってくれるか。そうと聞けば和子は喜ぶであろう」

　このとき政宗は、こちらからは見えぬ広縁の少し先あたりから、人の気配が遠ざかって行くのを感じ取った。侍女が御酒か肴の追加の頃合と読んで、御台盤所へでも向かったのであろうか。

　月明りに包まれて父と子は、たおやかにゆったりと御酒を味わい続けた。

　肴と言えば、ほんのりと甘い大粒の梅干しが二つ、のまま。質素であり優美でもある肴であった。

　急須徳利が軽くなってきた。けれども、肴も御酒も、おかわりは届かなかった。

「大丈夫でございまするか」

「ん？」

「月の明りの中で御父上の御顔が、いささか神神(こうごう)しくおなりでございます」

「ほっほっほ……神神しくとは、うまく申したのう」

「大切な御体。過ぎてはなりませぬ」

「そうじゃな。では少し奥で休んで参ろう。だが政宗、決して帰ってはならぬぞ。父が戻るまで暫く一人で御酒を楽しんでいるがよい」

「はあ……」

後水尾政仁は立ち上がって、広縁とは逆の方へと姿を消していった。よろめきは、しなかった。しっかりとした足取りであった。

広縁の下で、コロコロと蟋が鳴き出した。

と、まるでそれを待っていたかのように、広縁の向こうから微かに衣擦れの音が伝わってきた。

政宗は座布団から退がって尚且つ右の手でそれを自分の後ろへ移し、姿勢を正したあと頭を深深と下げた。一体どうしたと言うのであろうか。予感していた何事かが現実になろうとしているのであろうか。

衣擦れの音が、次第に近付いてくる。そして控え目な香のかおりも。

優しい足音が、政宗の間近で止まった。蟋の鳴き声が、ピタリと止む。

「よくぞ御出下されましたなあ政宗殿。この東福門院、会いとうて会いとうて心待ちに致しておりました」

美しく澄んだ声の主――東福門院源和子――が政宗の前、後水尾政仁が御座なされていた位置に、ふわりと体を下ろした。香のかおりが品を咲かせてハラリと散る。

「松平政宗でございまする。このような夜分に訪れましたる無作法、何卒お許し下されませ」

「なんのなんの。さ、御顔を上げて、この私に見せてくりゃれ」

「はい」

政宗は、上体を起こして目の前の女性と視線を合わせた。

「おお。法皇様が申されておられた、そのままじゃ。なんと凛凛しく、なんと利発な御印象であられることか。わらわが瞼に描いていた、そのままの御人じゃ」

まるで童に対するかのようなその誉めように、政宗は思わず緩んだ口元を隠さんがため、もう一度頭を下げて畏まった。

「お目にかかれましたること、政宗も心より嬉しく思いまする。未熟者でございまするが、これからも御近付きの機会を頂戴できますれば、望外の喜び。ひとつ宜敷く御願い奉ります」

「それは東福門院も強う望むところじゃ。さ、そう畏まらずと、私にその端整な御顔を、ようく見せてくりゃれ」

「恐れ入ります。野に在る自由気儘な身分ゆえ斯様な位高き館に於ける作法は何一つ心得てはおりませぬ。御見苦しいところ幾多ありましょうが、御寛容下されませ」

「東福門院は野に在って発止たるそなたを知りたいのです。朝廷作法の衣を十重二十重に着られてしもうては、政宗殿の真実の御姿が見えませぬ。東福門院と向き合う時は、野に在るままであって下され」

「有難うございまする」と、政宗は顔を上げた。

東福門院は、にこやかであった。なるほど美しく老いておられる、と政宗は感じた。慈父が言った「老いたる今でも見事に可愛い女性ぞ」そのままであると思った。

「それにしても華泉門院殿によう似ておられる。とくに目鼻立ちが、生き写しじゃ」

「左様でございましょうか」

「して政宗殿。今宵はまた何故にこの刻限、仙洞御所を御訪ねなされたのです？お差支えなければ、東福門院に御聞かせ下されませぬか」

やわらかな口ぶりであった。にこやかな表情にも、変わりはなかった。問う、という調子では決してなかった。自然のままであった。

政宗は急須徳利がのった膳の上に視線を落として、ちょっと考え込んだ。

だがそれは、ほんの短い間であった。

彼は眼差しを東福門院へ戻して答えた。

「このたび四代将軍徳川家綱様がその御姿を隠されるかたちで突如として上洛なされ、私を大層驚かせましたが、朝廷との間にどのような話が交わされたのか、是非とも知りたくて法皇様を訪ねて参りました」

「と申されると、政宗殿はこのたび江戸より上洛なされた御人が、四代将軍と承知しておられたのですね」

「はい。なれど、その子細につきましては、省かせて下されませ」

「それは……構いませぬが」と言葉を切ったあと、東福門院は続けた。

「矢張りその事を心配なされての御訪ねでありましたか。こたびの将軍家の動き様には、この東福門院も一体何事が起こったのかと驚きました。けれども御安堵なされませ。あくまで平穏無事なる朝幕関係を重視しての上洛でありました」

「具体的には、どのような話を、どなたと交わされたのでありましょうや。お聞かせ下されませぬか」

「家綱様は先ず法皇様に会われ、次に帝に、そして東福門院の順でありました。交わされた話の内容をサラリと簡単に申せば、幕府から朝廷への援助を三、四割ばかり増やす、という事かのう」

「その援助とは、支給される禄高を指していると判断しても宜しゅうございまするか」

「支給禄高も、その一つでありましょう。幕府から朝廷への援助には私ですら知らぬ様様なかたちがありまするから、それらの全てを指していると御判断下され」

「よう判りました。野に在る一介の素浪人が出過ぎた事を訊ねし無礼、どうかお許し戴けますように」

「これこれ政宗殿。御自分のことを一介の素浪人などと称してはなりませぬ」

「いや。真実そう思うておりまするゆえ」

「おやまあ、その一徹さは下居の帝の御性格そのままでありまするなあ」

　東福門院は目を細め、静かに笑った。

「ところで政宗殿。この東福門院、たっての御願いがありまするのじゃ」

「私にでございますか」

「はい」

「どのような事でござりましょうや。東福門院様の御申し出ならば、この政宗に出来ることなら、何なりと御受け致しまする」

「おお。受けて下されまするか政宗殿」

「はい。東福門院様の御前です。二言はございませぬ」

「では政宗殿。この東福門院のことを今日只今より、母上、と呼んで下され」

「え？」

　政宗は思わず我が耳を疑った。予想もしていなかった東福門院の言葉であった。

「驚かれるのは、もっともじゃ。なれどこれは、この場での思いつきで申したのではありませぬ。私が政宗殿の存在について下居の帝より聞かされたのは、もう随分と昔のこと。その時より私は何故か、政宗殿の母となってみたいという気持を抱くようになりました」

「なれど……」

「私の我儘をどうぞ聞き入れて下され政宗殿。あなたには華泉門院殿という生みの母、千秋殿という輝くばかりに美しい育ての母がおられることは百も承知してのこと。その御仲間として私を、御所の母、として御加え下さいませぬか」

「御所の母……」

「はい。私は第百十代後光明の帝、百十一代後西の帝、百十二代霊元の帝の養母を務めて参りました」

「よく存じております」

「その務めより事実上解放されし現在、何とも言えぬ淋しさに見舞われておりまするのじゃ。言葉にならぬ淋しさを」

「ですが東福門院様は大勢の親王、内親王に恵まれておられまする。何故のお淋しさでありましょうや」

「それが、私にもよう判りませぬ。どういう訳か胸にぽっかりと穴があいておるようで、何やら満たされぬのです。いつも一人で塞ぎ込んでおるような……」

「塞ぎ込むとは尋常ではございませぬな」

「はい」

「なれど、この政宗の御所の母となって下さるなど、下居の御門が……父が御許し下されましょうや」

「それが、すでに御許しを頂戴致しておるのです」

「なんと……」

政宗は更に驚いた。

「御父上様は、政宗さえ承知なら構わぬ、と仰せになられましてなあ」

「う、うむ」と、政宗は返答に窮した。大変な事になってきた、と思った。

「政宗殿はこの東福門院が、お気に召しませぬか」

「とんでもございませぬ」

「老いて残されし私の命は、もう長くはありませぬ。御所に参られた時は、御父上様だけではのうて私にも必ず御会い下され。そして母と呼んで下され。私は政宗殿にあれこれと、して差し上げたいのです。よう似合う御着物を縫うて差し上げたり、御履物を見立てて差し上げたり、お好きな料理や御酒を用意して差し上げたりと……」

「それらを大宮様が御自分の手でなさると仰せでありまするか」

「はい。喜んで……」

「母上……」と、政宗は平伏した。胸の内に震えを覚えた。

「おお、母上と呼んで下されましたか」

「この政宗、まだまだ未熟者でありまする。どうか御所の母上として末長く厳しく御導き下さいますよう、伏して御願い申し上げまする」

「待ちこがれておりました嬉しい御言葉。これほど幸せなことが、ありましょうや。これからは政宗殿ではなく、親しく〝政宗〟と呼ばせて戴きたいのじゃが宜しいかのう」

「異存ございませぬ母上」と、政宗は顔を上げた。

東福門院の目に、うっすらと涙があった。

「それでは母と子の契りを交わしてくりゃれ」

「契り……ですか」

「この御所へお入りの際に警護の者に預けし御刀を、私に母子の契りの証の品として下されませぬか」

「は、はあ……それは一向に構いませぬが」

「その代わり……」と、東福門院はそこで言葉を切った。

すると広縁に人の気配があって、さきほど御酒と肴を運んできた侍女ではなく、一目で高位の女官と判る女性が大小刀を朱塗りの刀盆にのせて、姿を見せた。

月を背にした彼女の影が、東福門院と政宗の間に落ちて揺れる。

東福門院がその大小刀を受け取ると、女官は政宗に深深と頭(こうべ)を下げてから、広縁の向こうに消えていった。

「政宗、この刀は母からそなたへの贈り物です。受け取って下され」

「宜しいのでございましょうか。こうして眺めても、立派な刀と判りまするが」

「私(わたくし)が禁裏へ入内(じゅだい)する際、父徳川秀忠が〝御守(おまも)り刀〟として持たせてくれたものです」

「二代将軍様が……では御父上様の大切な形見の品ではありませぬか」

「それを、この新しい母は、そなたに譲りたいのです。さ、手に取って眺めてくりゃれ」

「はい。それでは……」

政宗は〝御所の母〟との間を少し詰めると、大刀を手にして正座の姿勢を正し、ゆるゆると鞘を払った。

月の光を浴びて、刃が鋭い艶を放つ。際立った特有な艶であった。

「これは……もしや三日月宗近」と、政宗は呻いた。

三日月宗近とは、今より六百三十七年前の長元六年六月二十六日に七十七歳で没した京都の名門「公卿鍛冶」従六位上信濃大掾・三条小鍛冶宗近の作である。刀匠ながら公卿の身分でもあった。

三条小鍛冶宗近は、二百数十年後に現われた五郎入道正宗と並んで「天下の二大名工」と称されている刀匠であり、小鍛冶とは刀など刃物を鍛造する工匠を指していた。これに対して大鍛冶という言葉があるが、これは砂鉄などから鉄をつくる製鉄職人を指している。

刀剣史上、「小鍛冶」が三条宗近の名前のみに付されているのは、その技術が天下無双であることを証明するものであり、そして彼の手による三日月宗近は、徳川将軍家伝来の宝刀として高位の武士たちの間では余りにも知られている名刀であった。

「母上。これは頂戴できませぬ。徳川将軍家の血を分けたる者のみが持つことを許されている稀代（きたい）の名刀、三日月宗近ではございませぬか」

「稀代の名刀であることは承知しています。それを、この新しき母が、新しきわが子に与えてどこに不思議がありましょうぞ。ましてや、それを譲られるそなたは文武を極めし優れたる侍（もののふ）。むしろ私（わたくし）よりも、所持して然るべき資格ありと思うております」

「母上……」と、政宗は三日月宗近を鞘に収めた。

「お受けなされ政宗。この母の精一杯の気持じゃ」

「この政宗は、いつ、どこで、誰と刃を交わすか予測さえ出来ぬ野（や）に在（あ）る自由奔放（ほんぽう）なる存在。この三日月宗近は、私（わたくし）には勿体のうございます」

「刀は侍の身を守るものでありましょう。野（や）に在（あ）って、いつ何時（なんどき）危ない目に遭（あ）うか知れぬそなたであるなら、その時は三日月宗近で立ち向かいなされ」

「さすれば刃毀（はこぼ）れすることもございます。いかに天下無双の名刀と申せども」

「形あるものは、いつかは汚れも傷も付きましょう。そのときは研（と）ぎの名人に預ければ宜しいではありませぬか。この三日月宗近は、月夜の今宵、そなたと出会うことを予感していたに相違ありませぬぞ。そなたが帯に通せば尚、喜びましょう」

「は、はあ……判りました母上……それでは……それでは素直に有難く頂戴いたしまする」と、政宗は頭を下げた。

「そうしなされ。これで母は今宵、安心してぐっすりと眠れましょう」

「では、このことを私の口から父上にも御伝え致さねばなりませぬ。恐れ入りますが、父上に声を御掛けして戴けませぬか」

「父上様は、もう御休みじゃ」

「え?……しかし」

「そなたと御酒を共になされて余程に嬉しかったのでありましょう。心地よく御酔いなされて、今頃はきっと政宗の幼き頃の夢でも見ておられましょうなあ」

東福門院は目を細め静かに言った。

「それはまた……」と政宗は思わず苦笑した。

二

政宗は疾風(はやて)の手綱(たづな)を引いて、仙洞御所の寺町御門(てらまちごもん)を後にした。

「結局のところ、話したきこと訊(き)きたきこと、の半分も出来なんだなあ疾風よ」

呟いて政宗は、疾風の鼻面(はなづら)を撫(な)でてやった。

いま帯に通しているのは、第六十六代一条懐仁(やすひと)天皇の宝刀『小狐丸(こぎつねまる)』を鍛えたことでも知られる公卿鍛冶三条宗近の作、三日月宗近である。

「東福門院様が〝御所の母〟になって下さるとは……なんだか大変なことになってしもうたわ疾風よ」

政宗は、もう一度疾風の鼻面を撫でた。華美なこと、堅苦しいこと、特別なことを好まぬ政宗であった。だからこそ野に在って自由奔放だった。

「これからは、かえって御所を訪ね難(にく)くなるかも知れぬなあ……いや、そういう言い方は、いかぬな。うん、いかぬ」

御酒で少し火照(ほて)った体に、秋のソヨとした夜風を心地良く感じながら、政宗の呟きは続いた。

彼は疾風の背に乗ることもなく、中御門通を西へ向かっていた。少し先を右に折れて室町通に入り、北へ向かって月下の紅葉屋敷をひと目眺めてから、一気に疾風を走らせる考えであった。

このたびの紅葉屋敷の問題が父、法皇の耳にまで達しているかどうか、確かめてみたかった政宗であった。大恩師夢双禅師が諸方諸国の僧兵に放った檄文についても、父が知っているのかどうか気がかりだった。

だが、いずれも口に出せないまま、月下のひと時は和やかに終ってしまった。

政宗は、ふと立ち止まって手綱を放した。

「どうしたの？」と問うかのように、疾風が鼻面を政宗の頬へ近付ける。

「うん。もう一度、三日月宗近を見てみたくてな」

政宗は答えて、鞘から刀身をそろりと抜き、月光を浴びさせた。

「すばらしい……」と、政宗は見蕩れた。伝家の宝刀、と呼ぶにふさわしい気品を漂わせていた。身幅は狭かったが、それに似合わぬ重量感が、頑健な打ち込み鍛造を思わせた。刃文は小沸本位で小乱れを基調とし、鳥居反りは深かった。刃縁は二重刃、打のけ等の特徴を十二分に表しており、切っ先は微かに乱れ込んだ掃掛風であった。

「まことに凄い……特にこの切っ先三寸が……凄まじく切れよう」

政宗は、貧乏侍の自分が持つ刀としては気位が強過ぎ相応しくない、と思いつつ刀を鞘に収めた。

ぱたん、という音が聞こえたのは、この時であった。

聞き逃がしても、おかしくない程度の音であった。

だが政宗は音のした方――ほんの少し先の室町通――へ、注意を向けた。

疾風も、立てた耳を頻りに動かしている。

けれども、その音は一度きりであった。

「疾風、お前はその路地に入っていなさい」

政宗は疾風の首筋を軽く叩いて、左手直ぐの路地を指差すと、室町通へ足早に向かった。

室町通と言えば、呉服屋、両替屋、菓子屋など大店の連なる通りとして、知られている。また、その近隣には大名の京屋敷も少なくない。

室町通に入った政宗は音が生じたと思われる右手——北の方角——へ目を凝らした。

が、何事も認められぬ静まり返った月夜の通りであった。一匹の野良猫だけが後ろ姿を見せて、トコトコと遠ざかってゆく。

政宗は、五、六間(けん)先の、その野良猫に従いながら、通りに沿って立ち並ぶ町家や商家を用心深く見ていった。

四十万人口の京(みやこ)は、まさに大京都であった。大坂、江戸も、京にほぼ肩を並べる人口であったから、この三都がまぎれもなくこの国に於ける三大「都市」だった。

室町通に立ち並ぶ家家は然し、戦乱・大火を幾度となく潜り抜けてきた痕跡(こんせき)を現在(いま)も残していた。いつ崩壊してもおかしくない見窄(みすぼ)らしい民家、置き忘れられたようにしてある一握り程の小さな百姓家、少し生活が楽になってきたことを思わせるしっかりとした造りの町家、そして辺りを圧する大商家、それらの家家が入り混じって室町通の両脇を占めていた。

「いい町だ……」

政宗はポツリと呟いた。先を行く野良猫が、動きを止めて振り向いてから、路地へと消えていく。

江戸徳川の権力によって、自由に御所の外に出ることすら難しくなった法皇と天皇。幕府役人の監理下に置かれてしまった朝廷の財政。しかも御料地ほか朝廷関係領までが郡代等の執行権下で監理されている。

法皇がわが子政宗に与えし「正三位大納言・左近衛大将」の高位も、徳川権力の側から見れば〝無効〟と同等のものであった。今や徳川は、朝廷の伝統的役割であった武家や公家への官位授与にまで監理統制を強めている。

そうと知りつつ政宗に高位を付与した法皇後水尾政仁の姿勢こそが、「江戸幕府に心までは触れさせぬ」とする精神の強さの表れであった。

何かと江戸に押さえ込まれている京……それでも政宗は、この京を「花の都」と思うのだった。愛する都であった。

天下を奪った徳川が、監理統制だけでなく、院御所造営や内裏新造、町の再建などで懸命に貢献してきたことも、政宗はそれなりに理解し評価してもいる。

「なれど……難しい世じゃ。何かとな」

呟いて政宗は立ち止まった。野良猫が消えた路地の前まで来ていた。

その路地と向き合う側——通りの西側——に、豪商「三津屋」の間口の広い店構えがあった。しかも間口は二構えに分かれており、向かって右側が呉服商、左側が西陣織の織屋であった。

西陣織の商人達は、堀川通の以西、一条通北、千本通以東の一帯に多く集まっており、室町通の「三津屋」は珍しい存在だった。

このような豪商に、政宗は出入りしたことがない。だが「三津屋」の名を、むろん知らぬ筈がない政宗だった。

「はて?……」

政宗は三津屋の右側、呉服商の閉じられた表戸を眺めた。格子組みの見るからに頑丈そうな表戸だった。彼はべつだん、間口の広さに注目している訳ではなかった。京の商家は間口が狭く奥行が深い点に特徴がある。だが三津屋のそれは、辺りを圧する広さであり驚きに値した。

けれども政宗の視線は、表戸の中央に設けられている潜り戸に注がれていた。大人の女でも腰を屈めないと潜れそうにない、窮屈そうな潜り戸だった。

「妙な……」と、小声を漏らしつつ、政宗はその潜り戸に近付いていった。

足音は立てていない。滑るような足取りで、ゆっくりと近付いていく。

なにが「はて?……」「妙な……」なのであろうか。何か微かに感じるものでもあるというのであろうか。

が、表戸にも潜り戸にも、これといった不自然さはない。見たところ、しっかりと閉じられている。

豪商「三津屋」の呉服商側正面玄関の潜り戸、その直前で足を止め、政宗は背後を振り返った。

暗い路地の奥で、野良猫の目が黄金色に光っていた。こちらを、じっと見つめている。身動きひとつしない。

「お前も、捉えているのか……この中の出来事を」

政宗は漏らして、視線を潜り戸へ戻した。

彼は左手の指先で、潜り戸を軽く押してみた。

動かなかった。

次に格子の部分に手を掛けて右へ引き、左へも引いてみた。だが、矢張り動かない。間違いなく閉じられていた。

政宗は三、四歩退がって、右の方へ視線を振った。隣家は線香問屋であった。月明りを浴びた、軒の上の看板が読み取れる。大店(おおだな)ではなかったが、そこそこの店構えであった。その線香問屋と三津屋との間に大八車なら楽に入れそうな小道があった。野良猫が息をひそめている路地よりは、二(ふた)まわり以上は幅広であろうか。おそらく荷下(にお)ろしの大八車など運搬車が入っていくための小道なのであろう。

徳川が天下を押さえた江戸では、はじめのうち牛車(うしぐるま)が重宝(ちょうほう)されていた。しかし十三年前の明暦三年に生じた「明暦の大火」以降、牛車大工の手で大八車が考案されて流行(はや)り出した。但し大八車を用いる商家などには一台当たり月に銀一匁(もんめ)もの使用税が課せられた。つまり車両税である。

そのため商利益(あきないりえき)を重視する大坂、京の商人たちは、江戸大八車の規格である車台長八尺、車台幅二尺五寸、車輪径三尺五寸よりも小さな〝小八車〟や、べか車と称する板車で対応した。さすが関西商法であった。

とはいえ、江戸大八車の規格物が京、大坂で全く使用されていなかった訳ではない。

政宗は三津屋と線香問屋の間の小道へと入っていった。

三津屋の土蔵壁と屋敷塀は奥へ奥へと続いていた。

最初の裏木戸は土蔵と土蔵の間にあって、これはしっかりと閉じられていた。

格子組みの丈夫そうな裏木戸だった。

二つ目の裏木戸は、三津屋の屋敷つまり居住区の庭への出入口としてあった。

その前まで来て政宗の表情が月明りの中、険しくなった。

裏木戸は、僅かにだが開いていた。その隙間から月明りを浴びて鈍い艶を放っている大きな庭石が認められた。

政宗は、裏木戸を押してみた。キキッと小さな軋みを発して、裏木戸が内側へと開いた。広大な、贅を尽くした庭が、政宗の目の前に広がった。

「これはまた……なんたる贅沢」と、彼は溜息を吐いた。

政宗が口にした「贅沢」とは、今成金の贅沢さを指していた。

彼は庭内へ入って裏木戸を閉じ、何を思ったか閂と格子の間へ小柄を深く差し込んだ。

青銅造りと思われる高さ七、八尺以上もの観音像が、先ず政宗の注意を引いた。

いや、観音像と思いきやよく見ると仏の像にあらず、それはどうやら三津屋の主、市衛門の寿像のようであった。そろばんを右手に持ち高笑いしている。政宗はもちろんのこと三津屋市衛門の名は知っていた。室町通はよく散策する通りであったから、店の者に指示を与えている市衛門らしい姿も何度かは見かけている。

市衛門の寿像らしいのと小池を挟んで向き合う位置に、もう一体やや小造りな像があった。開いた大福帳を手にして微笑んでいる、御内儀ではと思われる若くは見えぬ女性の像であった。儲かって儲かって仕方がない、という笑みなのであろうか。

二体の像に挟まれた小池の中央には浮島と呼べるものがあって、そこでは亀の像が月明りを眩しく反射していた。黄金色にである。所司代の目にでも触れればそれこそ「華美の極み」と叱りを受けること間違いなさそうな亀であった。それとも役人へは、鼻薬でも効かせているのであろうか。

鯉でもはねたのか、ぽちゃんと小さな音がした。

政宗は〝彼方〟と呼べるほど遠くにある屋敷に向かって、石畳が敷かれた庭道を静かに進んだ。物音一つない、月下の庭だった。

庭道は彼を枯山水の庭園へと導いた。わび、さびを語らねばならぬ枯山水の庭にしては、余りにも広過ぎた。

池に見立てて白い玉石が敷き詰められている上を、政宗は横切った。

玉石がこすれ合って、彼の足の下で微かに鳴る。

白玉石の池を渡り切って、政宗の足が止まった。目の前——十間ほど先——に東西に亘って二十枚近い大雨戸が連なっていた。おそらく、その雨戸の内側には、広い造りの縁側が造られているのであろう。

政宗は、大屋根を見上げた。

（主殿造か……まるで大名屋敷ぞ）

政宗は間近で仰ぐ建物の過ぎたる壮大さに、溜息を吐きつつ歩を進めた。

彼は大雨戸の直ぐ手前で体の動きを止め、五感を研ぎ澄ませた。

物騒極まりない事態に陥ってしまっている京の夜。

にもかかわらず大商家の裏木戸の一つが、施錠されていなかったのだ。

政宗は嫌な予感を覚えていた。

だが、ズラリと連なっている雨戸の内側からは、不審な気配一つ伝わってこなかった。

彼の足が、雨戸に沿って進み始めた。

（単なる施錠の忘れであってくれればよいのだが……）

そう願いつつ、政宗は主殿造の角を左に折れた。

明らかに対屋と覚しきやや小振りな建物が、庭の西の奥へと伸びている。対屋とは普通、主寝殿に起居する主人を守護あるいは世話する側近のための建物であって、公家屋敷にしばしば見られるものだった。

それを真似て、「三津屋屋敷」も取り入れたのであろうか。

（これ程の屋敷の普請を、御上はいとも容易く許したのであろうか。それとも事前に役人へ鼻薬を効かせて造ったのか）

政宗は胸の中で呟きつつ、主殿造から対屋に沿うかたちで歩を進めた。

やがて瓢簞型の大きな池に面して釣殿らしき建物が見え出した。これも公家の寝殿造の脇を固める建物として、よく見られるものだった。

釣殿とは申しても、池に釣糸を垂れるための建物ではない。蒸し暑い京の夏を少しでも心地良く過ごすための、言わば納涼のための建物であった。

池の南側は、手入れのよい小さな竹林になっている。

政宗は釣殿のそばに立ち、豪商三津屋屋敷のほぼ全体を斜めから眺め、再び「なんたる贅沢……」と呟いた。

京(みやこ)にあっては公家の敷地は普通、一町四方である。ただ大物公家の場合は、一町掛ける二町という例外も存在している。

三津屋屋敷は、まぎれもなく大物公家屋敷の、はるかに上をいっているようだった。

(この豪商屋敷に比べれば紅葉屋敷など、差し詰め水車小屋であるのかな)

そう思って政宗は、唇の端に微かな苦笑を覗(のぞ)かせた。が、まなざしは変わらず険しい。

彼は月明りを頼りに瓢箪池の畔(ほとり)を、竹林(ちくりん)の方へ歩いて行った。

ソヨと吹く夜風が、ときおり竹林を控え目に騒がせる。サワサワと。

どこかで夜鳩が鳴いた。

竹林の小道を抜けて、政宗の目が一層険しくなった。小道の正面突き当たりに大きな土蔵が一棟あって、その厚い扉が左右に開いている。
政宗は土蔵へ近付いていき、開かれた扉の奥――真っ暗な――へ目を凝らした。人の気配は全くなかったが、彼には金蔵だと判った。

（やられたか……）

そう思って土蔵の中へ踏み入り、闇に目を慣らした。奥鞍馬の暗夜の中に於いても夢双禅師を相手に厳しい修行を積み重ねてきた政宗である。目が慣れるまでに時間は要さなかった。

土蔵の中に、千両箱はなかった。はじめからなかったのか、それとも盗み出された後なのか。

上方での千両箱とは、金貨幣、銀貨幣の千両相当が詰まった〝金箱〟と〝銀箱〟の両方を指して言う。たいていは松か樫の木で出来ており、千両相当が詰まった重さは六貫目ないし十二貫目くらいにはなる。一人の力で軽軽と持ち走れる、という重さではない。

その金箱、銀箱が、豪商の金蔵に一箱もなかった。

政宗は土蔵から出て、対屋の表側を回り込むかたちで、先程〝侵入〟した裏木戸へ向かった。

いた。皓皓たる月明りの下、裏木戸を囲むようにして、黒装束の二本差しが一人……二人……三人……四人……合わせて十三人。

その足元には何箱かの千両箱が、散らばるようにして置かれている。

「くそっ。この小柄がどうしても……」

裏木戸にしがみつくようにしていた一人が、低く唸(うな)った。

「取れぬであろうよ。思いっきり刺し込んだからのう。おのれ達を逃(のが)さぬようにとな」

政宗は、彼等の背後から、ゆったりと声を掛けた。

黒装束たちが仰天(ぎょうてん)したように、一斉に振り向いた。突然背後で生じた声に、衝撃を受けていた。

覆面は、異様な形だった。二つの目を覗かせている覆面の目窓(めまど)は細くつくられ、しかも目尻の部分が大形な程に吊り上がっている。

つまり狐の目窓であった。

「ほほう……これは、これは」と、政宗は彼等との間を音立てぬ静かな足取りで詰めた。黒ずくめの二本差し十三人が、申し合せていたように半円状に広がった。が、声は立てない。声のかわりに、彼等の足の下で地面がザザッと鳴る。

「女狐の雷造一味……だな。どうにもならぬグレ無宿者の集まりであろうと思うていたが、二本差しの侍集団であったとは、いやはや……世も末じゃ」

と言いつつ、更に相手との間を詰める暗い表情の政宗であった。

黒ずくめの鞘十三本が、僅かな擦り音を発して、刃を月夜に放った。

矢張り声は立てない。無言のまま、正眼に構えた刃へ一気に濁った殺意を膨ませてゆく。

「すでに家の中の者を手にかけしか。それとも、今宵は金蔵だけを破りしか」

問いながら政宗は左手親指の腹を三日月宗近の鍔に触れた。

十三人は口を開かなかった。開く代わりに、政宗との間合を音無く詰めた。

(それが返答か……凶賊ども)

政宗は胸の中で呟き、三津屋の家人は恐らく皆殺しであろう、と悲しく読みつつ右手を刀の柄へと持っていった。

それを見て間合を詰めてきた筈の凶賊どもが、地面を鳴らして退がった。十三名、一糸乱れぬ呼吸である。

政宗が、三日月宗近を穏やかに抜き滑らせた。御所の母から賜った天下の名刀を、まさか今宵のうちに凶賊相手に抜き放つとは、さすがの彼も予想していなかった。

しかも相手は並の凶賊ではない。京の夜を震えあがらせてきた〝皆殺し集団〟であり、その上、二本差しときている。

（母上、お許し下され。刃を血で穢しまする）

御所の母へ詫びつつ、政宗は三日月宗近を右下段とした。両手首を軽く捩り、刃を寝かせている。左脚を半歩ばかり引き両膝を微かに曲げて腰を落としたその構え――まるで錦絵のごとき優美さであった。

「〽**秋の夜に　出でにし月の　高高に　賊をいませて　何をか思わむ**」

秋の夜に高高と現われし月のように、待ちに待っていた凶賊が姿を見せてくれて、もう何も思い残すことはなくなったわな――皮肉を込めて政宗が、朗朗と謡い終えたとき、半円状の陣から一人が飛び出した。

打ち合う積もりか、それまで正眼だった刃を大上段とし、真っ向うからであった。

政宗の上体が、ほんの僅かに右へ揺れる。

その左肩先で賊の凶刀が空を斬った瞬間、三日月宗近が右下段から左上に向かってフワリと走っていた。プチッと小さな音。

打ち込んできた黒装束が左腋を割られ、呻く間もなく横転する。

(矢張り……凄い)と、政宗は感じた。三日月宗近の切っ先三寸を、力むことなく用いた迎え討ちであった。深深と斬ったという手応えはない。

が、のたうつ黒装束の左腋から、恐ろしい勢いで鮮血が噴出し出した。青白い月明りの下で、それがみるみる地面にドス黒い地図を描いてゆく。

「うむ……」

政宗は月に切っ先を翳してみた。自然と「壇上の役者」であった。目の前の凶徒十二名を無視するが如くに。

三日月宗近の切っ先三寸は、刃毀れもしていなければ、血脂で汚れもしていない。

鋭利な気位を放っている。目映いばかりに。

政宗はこのときまだ気付いていなかった。御所の母から賜ったこの三日月宗近が、彼に新たなる剣の奥義を授けんとしていることを。そして、その時が近付きつつあることを。

「無視されたっ」と感じたのか、それとも政宗の謡いし和歌に煮えくり返ったのか、左右から二人が襲い掛かった。激しかった。振りかぶった斧で薪を叩き割るかのような勢いだった。

政宗が右へ流れた。流れざま、三日月宗近が走った。月明りが散乱した。

天下御免の切っ先三寸が凶徒の下顎に食い込み、そのまま鼻柱まで割るやガッンという音を立てて頭蓋前頭部を斜めに断ち斬る。

賊徒が、もんどり打って仰向けに倒れ、石灯籠の台石で後ろ首を強打。

頭蓋が真っ二つに裂けた。血は噴き上がらない。

刹那の勝負に、呼吸を合わせて挑んだもう一人が、反射的に飛び退がった。

狐目を、くわっと見開いて。

頭蓋を割られた賊徒の体からは、まだ血が流れ出ない。

「う、うむ……」

小さく呻いた政宗は、またしても壇上の役者となって三日月宗近を、月に翳（かざ）した。そして、しげしげと眺めるが、矢張り刃毀れはない。血脂（ちあぶら）も付着していない。氷結しているかのように、透（す）き通った感の刃（やいば）であった。

「なんと切れることよのう」と、彼が呟く。

三日月宗近の切っ先から飛び退がって逃れたもう一人が、堪忍袋の緒（お）を切った。

「おのれ青侍……」

ついに沈黙を破った。「なめやがって……」と付け加えたいのか、怒りで声を震わせている。

ようやく頭蓋を割られた屍（しかばね）から、血が流れ出した。斬られたことを、屍にさえ気付かせぬ程の、切れ味であったのか？

「おのれ青侍」を口にした賊徒に、仲間二人が大きく進み出て肩を並べた。

政宗も向き直る。絵に描いたように綺麗な、正眼の構えであった。いや、正眼と言うよりは幾分、切っ先を下げている。

相手を見据える切れ長な二つの目は、涼し気な半眼であった。秋に〝涼し気〟はあるまいが、そうとしか言い様のない、やわらかな見据え様（よう）だった。

三人の賊徒が、政宗の三方からジリジリと間合を詰める。構えは三人三様。右端の覆面は肩を怒らせて正眼。中央の相手は大上段。そして左端の賊徒は右八双であった。それも、並(なみ)の腕ではない、と政宗には一目(ひとめ)で判った。

彼等三人の背後で、残り八名が半円陣を組む。

と、政宗の刀、三日月宗近がスルリと半転し逆刃(ぎゃくやいば)となった。用心深く間合を詰めていた最前列の賊徒三人が一瞬、息を止め目つきを変える。

怯(おび)えていた。峰打ちとなるやも知れぬ、政宗の逆刃の構えに？

いや、そうではなさそうだった。彼等は仲間二人が、三日月宗近の掬(すく)い上げるような一太刀(ひとたち)で腋を割られ、頭蓋を二つに裂かれたのを見たばかりなのだ。剣の奥義近くに在(あ)れば在(あ)る程、相手の〝見えざる剣の凄み〟が判るというものであろう。

最前列の賊徒三人の、明らかに怯えたような目つきは、そのためか？

しかし、三人は政宗との間を詰めることを忘れなかった。

彼等の足の下で、地面が擦り鳴る。

正眼に構えた賊徒の切っ先が、三日月宗近の切っ先に触れんばかりの近さとなって三人の動きがとまった。

「お前さんは今夜、何人を手にかけた」

政宗が正眼に構えた賊徒に、くだけた調子で訊ねる。

賊徒は、生唾(なまつば)を飲み込んだ。喉仏を鳴らしたその音が、誰の耳にも届いた。矢張り怯えている。

「一人を斬ったか、二人を突き刺したか、それとも三人を刻んだかえ」

問うた政宗の視線が、右八双に構える黒装束へと移った。

「おい。お前さんは恐ろしく汚れた目つきじゃのう。今宵は女を犯したかえ。二人か、いや三、四人は犯して殺したであろうなあ。汚れた目つきが、そう語っておるわえ」

くだけた口調であったが、政宗の双眸(そうぼう)は炎(ひ)を放ちつつあった。三日月宗近が逆刃のまま正眼から大上段へと静かに上がっていく。

秀麗なる気合裂帛(れっぱく)の大構え。それとも〝無〟の構えと称すべきか。

「おのれがっ」

「ぬんっ」

一人が野太い声を発し、一人が気迫を込め、政宗の左右から呼吸を合せて襲いかかった。

政宗は左へ飛んだ。いや、飛ぶというよりは、流れるという動きであった。鋼(はがね)の打ち合う音はない。大上段から振り下ろした三日月宗近の切っ先が、逆刃のまま相手の小手を撫でる。

何と切れた。賊徒の手首が凶刀を握ったまま、腕から離れた。その腕を懐に抱き抱えるようにして賊徒が無言のまま前のめりに倒れる。

三日月宗近は休まずそのまま、一直線に斜め前方へ繰り出した。

まだ攻(せ)めに移っていなかった大上段に構えた中央の黒装束。そ奴の顎の下を、三日月宗近が逆刃のまま一気に貫く。受ける間(ま)も、躱(かわ)す間(ま)もなかった。

貫かれて黒装束は、殴り倒されたように仰向けに沈んだ。ドスンッと背を打つ音。

政宗の動きはまるで胡蝶の舞いであった。そして強烈な蜂(はち)の一刺しであった。凶賊の誰の目にも、そう見えたであろう。

三日月宗近は尚(なお)、休まなかった。次の刹那には逆刃の切っ先は、三人目の首を掠(かす)めていた。撫でるように優しく。

鮮血の花が、月夜に咲いた。勢いのある音を放って。

一人対三人の、しかし一瞬の勝負であった。まばたく間の勝ち(か)と敗北であった。

「やれ。殺せ。こ奴だけは生かせぬ」

残った八人の右から四人目。その黒装束がヌラリと言った。抑(おさ)えた薄気味の悪い声の調子であったが、政宗には凄まじい怒りが伝わってきた。

そ奴と目を合せて、政宗は切っ先を下ろし物静かな調子で返した。

「お主(ぬし)の声、聞き覚えがあるな……村山寅太郎と言(ゆ)うたか……そうであろう」

「…………」

「返答できぬか。配下に、やれ、殺せ、と命じるのではなく、己れが一人で私の前に立ってみぬか」

「…………」

「どうした。返答が出来ぬほど、私を恐れてしもうたか」

「…………」

「お主、確か……この京(みやこ)の三大剣術道場の一つ、無限一刀流道場の四天王とか言われているのではなかったのかな。それが、この醜(みにく)き有様か、情けなや」

「ふん」

言われて黒装束が、ようやく鼻先を鳴らした。

名と通(かよ)っている剣術道場を言い当てられて開き直ったのか、彼は覆面を腹立たし気に剝(は)ぎ取(と)って足元に投げ捨てた。その動きに気性の荒荒しさが出ている。

月下に、村山寅太郎の顔が現われた。憤怒の顔つきだった。

「意外な所で会(お)うてしまったものだ。俺は貴様の顔を見ただけで、背筋に悪寒が走るわ。素浪人の分際で、いかにも涼し気な御公家面(おくげづら)をしやがって……その面(つら)で胡蝶の女将も誑(たら)し込んだか」

そう言いつつ、村山寅太郎は一歩……二歩……三歩と歩み出た。無限一刀流道場四天王の一人としての自信があるのか、落ち着いたしっかりとした足取りだった。

「叩(たた)あ斬ってやる。膾(なます)のようにな」

村山は眦(まなじり)を吊り上げて言葉汚なく吐くと抜き身を鞘に戻し、そっと静かに足を前後に開きつつ腰を下げた。右手は胸の前あたりで横に浮かせている。

（居合か……）と、政宗は相手をじっと見つめた。五人を倒したまでの政宗のきつい目の光は、いつの間にか和らいでいた。むしろその目は、どこか悲し気。

（思えば村山寅太郎も哀れな身の上よ……）とでも思っているのであろうか。

「怯えたか青侍。構えい」

村山が重い声で吐いた。

「哀れじゃ」

「なに？」

「お主が哀れじゃ村山寅太郎」

「御託を並べるな青侍」

「世が世なら、大和三笠藩四万八千石の若様として、何不自由なく暮らせたのにのう」

「ふん」

「だが、そなたの父である藩主青山和泉守信邦は、余りにも酷い不祥事を引き起こして幕閣の逆鱗に触れ、藩名は石高を減らされて残りはしたが、青山家は事実上お取潰しとなった」

「三十数年も昔の事だ。何故それを知っている？」

「お主の父に無理矢理花を散らされて自害した若い娘が、私の前に現われて訴えたのじゃ」

「訴えたあ？　幽霊がかあ？　これはお笑いだ」

村山寅太郎は、高笑いをした。心底おかしそうであった。

政宗は溜息を吐いた。

「自害した娘には許嫁がいて挙式を控えておった」

「それが俺に一体何の関係があるのか青侍。親父はいい思いをしたであろうが、俺は御裾分を貰ってはおらん」

「矢張りその娘のためにも、お主は斬らねばならぬかドブ鼠村山寅太郎よ」

「な、なにっ」

村山が一歩前に踏み出した。月明りの中、額に血管が浮き上がり稲妻を描いている。

「ドブ鼠剣法では、私を斬れぬぞ馬鹿之助よ」

言って政宗は、三日月宗近を静かに鞘に収めた。

村山が「う、うむ」と唸る。夜目にも顔面真っ赤と判る程であった。怒り激烈か。

政宗が右手をゆっくりと刀の柄へ運び、身構えた。村山とそっくりな居合構えだった。

村山の顔から、血の気が引いていく。剣客としての冷静さを取り戻し始めたのか。

あるいは、美しくも見事な政宗の居合構えに、真のおののきを覚え始めたのか。

その後ろ姿に「これはいかぬ」と気付いたのかどうか、仲間達が前に踏み出して村山と肩を並べた。

「ええい、手出し無用。退がっておれ。退がれっ」

夜陰の大声であった。あたりに響きわたった。

仲間達の間で、それまでの呼吸が乱れ出した。後ろへ退がる者、足先を迷わせる者、退がらぬ者。

「退がれっ。邪魔だ」

村山が、また怒鳴った。仲間と雖も、言うことをきかぬ奴には斬りつけかねない見幕だった。

ようやく七名の覆面達が皆退がる。

政宗は微塵も構えを崩さず、動かない。村山がジリッと詰めた。顔面蒼白。

まるで政宗は、青銅に刻まれた像の如く、微動だにしない。

村山の詰めが止んだ。刀の柄に手がかかる。呼吸も止まった。目つきが凄い！

村山と寸分違わぬ構えを崩さない政宗は、さながら月下の花の如くであった。

おそらく凶賊どもには、そう見えたに相違ない。いかつくなく、威嚇的でもなく、夜風にフワリと揺れるが如し、であった。

美しいのだ。身構えが余りにも美しいのだ。両の目は薄く閉じさえしている。

「うりゃあっ」

ついに村山が大きく踏み込んだ。刀が走った。月光が破裂したように散らばった。一条の閃光であった。

だが次の瞬間、村山の仲間たちは信じられぬものを見た。

村山の両手が、月下を宙高く舞っていた。刀は彼の足元に落ちている。

政宗は？

刀の柄に手をかけた力みのない秀麗な居合構えのままであった。足の位置も、腰の高さも、そのままだった。その政宗の前に、村山の両手首から先が落ちて、地面がバサリと鳴る。

「ぬぬぬっ」

村山が両膝を折った。カッと見開いた目で、己れの両腕先を睨みつけている。そこには、あるべき筈の手首も十本の指も、すでになかった。みるみる村山の顔が泣き出しそうに、歪んだ。

ようやく政宗の居合構えが解ける。

と、村山の両手首から、それを待ち構えていたように鮮血が噴き出して、不良侍は左の肩からゆっくりと地面に沈んだ。目を見開いたまま。

「おのれぇっ」

誰が声を発したのか七人の黒装束が、一斉に政宗に襲いかかった。

三

政宗が刀を鞘に収めたとき、近在の誰かが屋敷内の異常な騒ぎに気付いて番所にでも駆け込んだのか、捕り方達が雪崩込んできた。

「東町奉行所じゃ。神妙にせい」

聞き覚えのある大声が響きわたったので、政宗は振り向いた。右の手は鞘に収めたばかりの刀の柄に、まだ触れていた。

「おお、これは……政宗様ではございませぬか」

驚きの反応を見せて、大声の同心が駆け寄ってきた。常森源治郎の麾下に配されている藤浦兵介であった。

「ご苦労であったな兵さん」

「一体いかがなされました」と、藤浦兵介はその辺りに倒れている十三名の凶賊を見まわした。

政宗は経緯を簡単に打ち明けたあと、「ほれ……」と目の前に横たわっている凶賊の一人を顎の先で示して見せた。

「胡蝶へ頻繁に入り浸(びた)っていたあいつだよ」

「え？」と、兵介はそいつに近寄って腰をかがめ、顔を覗き込んだ。

「これは……無限一刀流道場の村山寅太郎ではありませぬか」

村山寅太郎の呼吸(いき)はすでになかった。

「そう、村山寅太郎だ。紀州徳川家京屋敷詰めのな」

「なんてことだ。徳川御三家の一つに詰める侍が、押し込み強盗とは」

「しかも風体からして、女狐の雷造一味に間違いない」

「そうですね。そうに違いありませぬ」と、ようやく村山寅太郎の死体から離れる藤浦兵介であった。

「源さんは今宵はいかがした。非番かえ？」

「いえ。五条大橋そばで博徒の小競(こぜ)り合いがありまして、そちらへ向かっております」

「そうか。相変わらず昼も夜もなく忙しいのだなあ」

「女狐の雷造一味を打ち倒して下さり、奉行所としては大助かりでございます。

感謝に耐えませぬ」

「ま、これで京の夜は、少しは良くなろうな」

「はい。ところで村山寅太郎が紀州徳川家の京屋敷詰めの者となりますと扱いが少し面倒に……」

「なあに、心配はいらぬ。紀州徳川家へ知らせても〝そのような侍は知らぬ〟で静かに一件落着だろうよ。騒げば困るのは、紀州徳川家だからのう」

「は、はあ……」

「紀州徳川家がうるさい事を言い出せば、村山を斬り倒した私が表に出ようか。奉行所としては心配しなくともよい」

「判りました。それを聞いて安心致しました。誠に小心で申し訳ありませぬ」

「それよりも兵さん、この家の中が心配だな。三津屋の家族奉公人の安否を確かめてみてくれぬか」

「そう致します」

「私はこれより急ぎ行かねばならぬ所がある。あとは任せましたぞ」

「このような夜更けに一体どちらへ？　夜は何かと物騒でござりまするゆえ、捕り方を三、四人供として御付け致しましょうか」

「公の務めにある者が、それはならぬわ。私は近くに馬を待たせてある。大丈夫だよ」

「ですが、これだけの凶賊を倒された後の御体には、重い疲れが残っておりましょう。捕り方を供に付けさせて下さりませ。御身に何事かあらば、私が上より叱られまするゆえ」

「いや、要らぬ。京の街を馬で一気に駆け抜けたいのでな」

「そうですか……では、くれぐれも御気を付けなされませ」

「源さんに宜敷くな」

「はい。きちんと報告致しておきまする」

政宗は豪商「三津屋」の屋敷を出た。

第十五章

一

疾風(はやて)を駆(か)って貴船(きぶね)の辺りまで来た政宗は、「どう……」と手綱を絞った。

疾風がブルルッと全身の筋肉を震わせて、早駆けから歩みとなる。

政宗は月明り降る原生林に目を凝らした。

貴船川の向こう、月下の闇(やみ)の中で点点と、光り揺れるものがあった。

狐火か、と見紛うそれは、そうではなかった。

間違いなく焚松(たいまつ)の明りであった。その点点と続く明りの帯は、奥鞍馬に向かって移動をしていた。

原生林の中を蠢(うごめ)く明りの帯が修験(しゅげん)者の道を進みつつある事を、幼き頃より鞍馬一帯を〝庭〟として修行してきた政宗には、直ぐに判った。幅三尺あるかなしかの険しい修験者の山道だ。

政宗には、腰に大太刀を帯び法螺(ほら)を下げ、槍や弓を手にした荒法師の姿が見えるようであった。数え切れぬ程の荒法師の姿が。

「京都所司代の間諜（かんちょう）の職にある者が、あの行列に気付いておらぬ筈（はず）がない」

政宗は呟（つぶや）いて、再び疾風を走らせた。

疾風は豪快で疲れを知らなかった。途中の泉で二度ばかり水を飲んで小休みした他は力強く走り続けた。余程の急傾斜の登り道でない限り、ほとんど苦としない。

と、焚松の明りが何処かへ吸い込まれたかの如く見えなくなった。修験者の道は、奥鞍馬へ着く手前で深い角度で切り込まれた谷へ落ち込んでいる。したがって疾風が駆ける街道からは、焚松の明りは当然見えなくなる。

「疾風よ、もう直ぐぞ。無理をさせてすまぬ」

政宗は力走する疾風の首筋を、掌で軽く叩（たた）いた。

疾風が一層、早駆けとなる。

月明りが有難かった。いかに優れた名馬であっても、ひとかけらの明りもない漆黒の原生林街道なら、こうは走り続けられない。

見馴（みな）れた巨木の角を、急角度で左へ曲がった時、「止まれいっ、誰（だれ）かあ」と大声があって数人の僧兵が飛び出し、驚いた疾風の前脚が宙高く上がった。

ほとんど棒立ち状態の馬の背で、あざやかに手綱を絞って政宗の凜とした声が返る。

「政宗じゃ、急いでおる。それとも立ち合うて政宗と見極めるかっ」

「こ、これは政宗様……」と、ひときわ大きい僧兵が応じた。

「修験者の道を点点と埋めておった焚松の明りは、一体何事か」

「は、はあ」

「所司代の間諜もこの奥鞍馬に潜んでいよう。一層のこと用心致せ」

「心得ておりますれば」

「但し、見つけて拘束しても、狼藉はならぬ。丁重に扱うのじゃ」

「丁重……にでございまするか」

「そうじゃ。しかと申し付けたぞ」

「承知致しました」

政宗は機嫌を損ねて前足を踏み鳴らしている疾風の腹をそっと蹴った。

「もう其処じゃ疾風。よく頑張ったな」

疾風が小駆けとなった。

政宗の背が街道の彼方に溶け込んだのを見届けて、僧兵の内の一人が法螺を吹き鳴らした。

政宗の来訪を告げる法螺の音であった。

月下の奥鞍馬に、その音が響きわたる。響きは木霊となり、木霊は木霊を誘って奥鞍馬の尾根から尾根へ、殷殷と伝い渡った。

急な〝いろは坂〟を過ぎると、街道は左へ左へと曲がり、やがて三層造りの巨大な山門の前に出た。

薙刀を手にした僧兵多数が地に片膝ついて政宗の到着を待っており、疾風がひと鳴きして小駆けを休めると、一斉に頭を垂れた。

「三林坊」

「はい」

瑞龍山想戀院を守護する剣僧二百二十二名の頂点に在る巨漢、三林坊が腰を上げた。

「恩師に御会いしたい。案内せよ」

「法螺の音は、華泉門院様へも届いておりましょう。先に想戀院を御訪ねになりませぬか」

「急いでおる。先に恩師に御目通りしたい」

「左様ですか。では……」

政宗は近付いてきた三林坊に手綱を預け、馬の背から下りた。

「よしよし、よく来たな。たっぷり水を飲ませてやるぞ」

目を細めた三林坊が、疾風の首から腹にかけてを優しくひと撫でしてから、後ろを振り返った。

「双海坊、疾風を頼む」

「おう」と、これもまた巨漢が、剣僧たちの最前列で立ち上がった。

「水を飲ませ、蹄（ひづめ）も診（み）てやってくれ」

「承知」

三林坊から手綱を引き継いだ双海坊が、政宗に一礼してから離れていった。

三林坊が政宗の前に立って歩き出す。

二人は月下の山門を潜り、奥へと伸びている石畳を踏みしめ、原生林の中へと入っていった。

すっきりと間伐され、雑草などが刈り払われた、手入れの行き届いた原生林の中は、たっぷりと月明りが降り注いでいた。むしろ日暮れ時よりも明るい。

やがて木立の向こうに、金色堂（こんじき）が見え出し、三林坊が立ち止まった。

「私はこの位置で、お待ち致します」

「夢双禅師様の御体調に変わりはないな」

「はい。お元気であられます」

「そうか。では、その方達とは後でゆっくりと話し合おう」

「すると今宵は、この奥鞍馬にてお過ごし戴（いただ）けるのでございますか」

「その積もりだ」

「それは何より。剣僧達も大いに喜びましょう。想繼院へも誰かを走らせまする」

「うむ。但し、恩師との話は恐らく長くなろうから、想繼院へは迷惑を掛けぬよう明朝にでも訪ねるとしよう。そう伝えておいてくれぬか」

「判りました。ところで……」

「ん?」

「夢双禅師様は、いついかなる場合でも、政宗様の御安全を考えて御出でござりますゆえ……」

「改めて言われなくとも、いつも有難く重く受け止めておる」

「で、ござりまするから……」

「心配致すな三林坊。ご恩深い大恩師と議論を致すような無作法を、この政宗が為すと思うてか」

「申し訳ございませぬ」

「この政宗は、夢双禅師様の御心の内を知りたいだけじゃ。安心せい」

「は、はい」

政宗は三林坊の肩にポンと手を触れると、金色堂へ足を向けた。法螺の音が消えたあとの奥鞍馬は全山、深閑と静まり返っている。

その静寂の中を焚松の明りを頼りに、奥山へ奥山へと進む数千、いや其れ以上の数の荒法師の行列が、まだ政宗の脳裏に濃く残っていた。

政宗は金色堂の前で足を止め、合掌した。

長い合掌であった。

その合掌を解いたとき、まるでそれを見ていたかの如く、閉ざされた金色堂の中より「入るがよい」と声が掛かった。おごそかな声であった。

「このような夜分に御訪ね致しまして申し訳ありません」

「よい。そろそろ訪ねて来る頃であろうと思うておった」

「失礼致しまする」

政宗は七段の階段を上がって、濡れ縁に立った。

金色堂の一枚目の開き扉も、その内側の障子扉も、開いていた。

正面奥に金色に輝く千手観音像が祀られ、それを背にするかたちで紫の僧衣を纏う夢双禅師が端座している。

穏やかな表情であった。

政宗は先ず濡れ縁に姿勢正しく正座をして深深と頭を垂れ、それから禅師の前に進み出て、もう一度平伏した。

「政宗、人を斬ったな」

「は?」

いきなり問われて、政宗は少しうろたえ気味に面を上げた。

「それも一人二人ではない」

「お許し下さい。五体を清める間(ま)もなく駆けつけましたゆえ」

「何者を斬ったのじゃ」

「昨今、京(みやこ)を震え上がらせております凶賊一味でございます」

「そうか」

「五体を清めるべきでございました。無作法を致しました」

「華泉門院様を訪ねるのであれば、井戸水を浴びてからにするがよい。着ている物も改めてな」

「はい。そう致します。想戀院を訪ねますのは明朝でありまするが」

「うむ」

頷(うなず)いて禅師は、手を一つ打った。

パンッと鋭い音がして、駆けつける足音が金色堂に近付いてきた。

「お呼びでございましょうや」

「三林坊。政宗がのちほど井戸水を浴び着ている物を改める。用意を致しておくように」

「井戸水で宜しゅうございまするか。浴槽の湯はすでに沸いておりますが」

「井戸水でよい。秋の井戸水は体に旨いのじゃ」

「承知致しました」

三林坊が退がっていった。

「さて政宗。この夢双禅師に話したき事があらば申してみよ」

「はい。此処へ参ります途中、修験者の道を蜿蜿と続く焚松の明りが目に留まりました」

「修験者の道を行く者ならば、修験者であろう」

「その数、数千は超えていたのではないかと思われます」

「奥鞍馬の更にその奥に、蓮華観音宗大本山芳妙寺が在ることを知らぬ政宗ではあるまい」

「あ……」

「その芳妙寺の秋の祭り〝破邪の炎渡り〟が、明日より三日に亘って行なわれること、もはや忘れたか」

「忘れた訳ではございませぬが、このところ余りにも色色な出来事が次次とありましたゆえ」

「言い訳無用」

「はい」

「そなたが幼き頃、瑞龍山想戀院と関係浅からぬ芳妙寺は心・技・体修行の場の一つでもあった。京へ下りたとは申せ芳妙寺の存在は決して忘れてはならぬ」

「はい。仰せの通りです」

「破邪の炎渡りは、荒法師の祭りじゃ。とりわけ今年は芳妙寺創建二百年の年に当たるため、管長春栄殿より相談を受けたこの夢双が、華泉門院様の御勧めもあって、五畿内の僧徒に一人残らず参集するよう檄を飛ばしたのじゃ」

「それで、あれほど大勢が……」

「政宗は、この奥鞍馬を拠点として、反幕の狼煙でも上がると思うたか」

「あ、いえ……」

「隠さずともよい。不安が表情に出ておる」

「ですが、あれほどの数の荒法師が一度に奥鞍馬を目指しますと……」

「この奥鞍馬に潜む京都所司代の間諜達は驚くであろう。破邪の炎渡りに参集するとは言え、過去にこれ程の数の荒法師が、一斉に芳妙寺を目指した事はないからのう」

「江戸幕府を刺激することにはなりませぬか」

「当然、京都所司代を経て、幕閣の耳へも入ろう。その結果……」

「その結果……いかがなると御思いでございますか」

「幕府は内心、腰を抜かすであろうな。その動員力に」

政宗は、ハッとなった。そうであったか、と気付いた。

破邪の炎渡り、という祭りの日を利用して江戸幕府に僧軍の動員力を知らしめる――恩師の目的はそこにあった、と気付いた。

荒法師の祭りとして知られたその日に、多数の荒法師が〝その場所へ〟動いたとて、幕府法度に抵触する訳でもない。

ただ、今回の動きが目指した〝その場所〟が、瑞龍山想繼院と関係浅からぬ芳妙寺であるだけに、幕閣に緊張が走るのは避けられない筈であった。

なぜなら幕閣は、瑞龍山想繼院を朝廷の奥鞍馬御所として捉えているに相違ないからである。

「幕府は朝廷を一層のこと敬い、また朝廷は万民の平和を幕府へ働きかけ、双方深く理解し合うて仲良くせねばならぬ」

「はい」

「衝突は不実無益じゃ。戦は二度と起こしてはならぬ」

「はい」

「それが、この夢双の願いじゃ」

「一層のこと心に深く留めておきまする」

「その意味では、此度の四代将軍家綱公の密かなる上洛は、なかなかのものじゃった。朝廷を大切にせんとする姿勢が、はっきりと窺われた」

「家綱公と御存知であられましたか」

「知らいでか。所司代が奥鞍馬へ間諜を放つならば、我等とて京へ目・耳を放っておるわ。案外にそれでうまく双方の均衡が保たれておる」

「左様でござりましたか」

「たとえ京へ下りて野に染まったとて、そなたは我等にとっては欠くべからざる大切な存在じゃ。その平穏無事を片時も忘れたことはない」

「お師匠様……」

政宗は、ひれ伏した。胸が熱くなる恩師の言葉であった。

「後水尾法皇様からも、このところ頻繁に使者が訪れるようになってな。上洛した家綱公の朝廷への姿勢も、詳しくその使者より齎されたのじゃ」

「実は……その家綱公の二条の城内に於ける御側警護を私、仰せつかっておりました」

「矢張りそうであったか」

「え？……矢張りと申されますると」

「二条の城内で只事ならぬ騒乱があったらしいが何者かによって制圧された模様……との噂は、この奥鞍馬へも届いておった。騒乱は十数名の者によって密かに且つ一気に引き起こされたらしい、ともな」

「左様でございましたか」

「城内で騒乱を起こすなど余程、胆力あって腕に自信がないと出来ぬ事じゃ。それを制圧するには、対等の力では出来ぬ。もしや政宗が動いたのでは、と内心思うておった」

「手練れ集団でございました。それも相当な」

「忍びか」

「はっきりとは致しませぬ。が、殺意は凄まじいものでありました」

「狙いは誰であった。そなたか、それとも家綱公か、あるいは他の誰かか」

「それも、はっきりとは致しませぬ」

「うむ」

「このところ私は、明らかに狙いを私とした刺客と、幾度か対峙してきました。ですが此度の城内騒乱については判らぬ事が多過ぎまする」

「家綱公を狙ったとすれば、事は重大じゃな」

「再び戦に結びつく恐れもございます」

「その方一人を狙うために、刺客がわざわざ城内へ侵入する危険など冒すまいからのう」

「私を狙うなら、市中の暗がりを選べば済む事でござりますから」

「政宗。その方、ある女子を救うために、いつだったか幾人かを斬ったのであったな」

「はい。それからかなりの刻が経っておりまするが」

「その後に於いて、明らかにそなたを狙ってきた刺客は、その女子を亡き者にせんとする刺客でもあるのか？」

「仰せの通りです」

「で、それら刺客を動かしている者の正体は？」

「高柳早苗……私が救うた女の名でございますが……その早苗が申すには幕府……いや、老中会議のようでございまする。私自らの確認はまだ出来ておりませぬが」

「ほほう……で、将軍家綱公の意思は、その老中会議へ及んでおるのかな」

「それについても今のところ、判っておりませぬ」

「ふむう……事態は随分と錯綜しておるようじゃな」

「誠に錯綜しておりまする。私や高柳早苗を狙う刺客集団がもし老中会議によって動かされているとすれば、二条の城内で私ではなく家綱公を狙ったやも知れぬ手練れ集団の後ろ盾は、何者か、という謎が浮上して参ります」

「二条の城内で事を起こした手練れ集団の背後にも老中会議がいる、とは考え難いのう。現在の大老、老中達は将軍家に対し殊の外、忠実のようじゃから」

「私も、そう思っております」

「しかしじゃ、これらの騒乱によって、朝幕関係が再び険悪となる恐れがあるぞ政宗」

「渦中にいる私が仙洞御所の血を引く者であるからでしょうか」

「うむ」

「私が救うた高柳早苗なる女子の身分素姓でありますが……」

「いや。女子の身分素姓などは聞かずともよい。そなたが、しっかりと摑んでおればよいことじゃ。この夢双が心配致しておるのは飽くまで、次次と殺意を放ってくる**集団の背後にある意思**じゃよ」

「この政宗、必ず突き止めてみせます」

「突き止めても、倒してはならぬ相手かも知れぬぞ」

「は？」

「たとえば老中会議にしても、そうじゃ。それを組織せし大老、老中のことごとくを剣によって倒せば困るのは将軍家じゃ。おそらく政治は停滞し、士農工商の活動にまで大きな影響を及ぼすことになるじゃろう」

「確かに、その恐れはございます」

「難しい問題じゃが政宗、見事に解決してみせよ。殺意を膨らませて襲い来る凶刃は防がねばなるまいが、なるべく血を流さぬことじゃ。夢双がそなたに伝えし剣法の真髄は、無血にこそある。そうであったな」

「決して忘れてはおりませぬ」

刻が静かに過ぎていった。

一言一言が胸にしみ込んでくる夢双禅師の言葉であった。

刺客集団に関する遣り取りが一通り済んだ頃、夢双禅師が「ところで……」と切り出した。

「所司代から与えられし雪山旧居での住み心地はどうじゃ政宗」

「私が不覚を取りし間に紅葉屋敷を追い出されましたる事、早早と御見通しであられましたか」

「いや。これについては仙洞御所からの使者によって知ったのじゃ」

「仙洞御所からの？」

「先程も申したように近頃は仙洞御所からの使いが頻繁に訪ねて来るようになってな。そなたには申しておらなんだが、下居の帝に招かれて昼を馳走になった事も二度ばかりある」

「下居の帝から膳を共にと招かれなされた事につきましては、三林坊より聞きましたが」

「はじめのうちは丁重に御辞退申し上げていたのじゃが、是非にと強く促されたこともあってのう」

「左様でございましたか。私が紅葉屋敷を追い出され雪山旧居へ移らされた事については、母千秋が文にて正三位大納言六条広之春様に知らせました。私からは直接に仙洞御所へは知らせておりませぬ」

「仙洞御所へは、京都所司代からも報告がいったようじゃな」

「え……矢張り……そうでありましたか」

「いずれにしろ、そのような大事なことは、政宗が直接に、いち早くこの夢双に知らせねばならぬ」

「申し訳ございませぬ。御心配をかけてはならぬと思い、つい……」

「総勢二万にはなろう荒法師たちの芳妙寺への移動は、数日前より始まっておる。この動員力を知れば西の幕府と称されておる京都所司代とて、恐らく態度を改めよう。政宗母子を雪山旧居に長く住み続けさせるのは拙い、とな」

そう言って夢双禅師は微笑んだ。柔和であった。

そこまで恩師の計算があったか、と政宗はようやく知った。ひれ伏しても尚足らぬ恩師の大慈愛である、とも思った。そして、これこそ無血剣法、と改めて思い知らされもした。

京都所司代永井伊賀守尚庸の言葉が脳裏に甦ってくる。

「……紅葉屋敷へはいずれ御戻りになれるよう、この伊賀守が責任を持ってその時期について考えまする。それまでは今暫く、雪山旧居で御辛棒下され……」

（まさに計算的中……）と政宗は、目の前の恩師に向かって、ゆっくりと……深く……頭を垂れた。床につく両手が感謝で小さく震えていた。

「力強い、いい歩みぞ。疲れはとれたようじゃな疾風」

政宗は朝陽を浴びて黒黒と輝いている疾風の首筋を、「よしよし……」と幾度も撫でてやった。疾風がブルルッと短く答える。

白い玉石を敷き詰められた幅六、七尺の道——参道——が真っ直ぐに伸びていて、二町ばかり先に遠慮がちに造られたかのような、小さな山門が見えている。

瑞龍山想繼院であった。

二

白い玉石の道の左右は一面、耕されて青葉豊かな畑地。

朝空には、ちぎれ雲一つない。引き込まれそうに澄き透った青さだった。

ここは剣僧たち二百二十二名に守護されている奥鞍馬の霊峰天ケ岳。黄泉の国に最も近いかに見えるその平坦にして眺望素晴らしい頂上であった。

雲海眼下に広がる日少なくない高さだけに、さすが秋は濃い。

なれど日差しは朝から強かった。この強い日差しが、一面の畑地を豊作にしている。畑に欠かせぬ霧も、早朝夕刻にはよく降る。

疾風が山門に近付いていくと、政宗の訪れを待っていたかのように扉が内側へ左右に開いた。

心得た疾風が歩みを止め、山門から涼し気な面立ちの二人の尼僧が現われた。一人は四十半ば、もう一人は三十半ばくらいであろうか。

「お戻りなされませ」

四十半ばくらいの尼僧がそう言い、二人の尼僧は揃って頭を下げた。

「春陽尼。華泉門院様の御体調はその後いかがじゃ」

と訊ねつつ疾風の背から降りる政宗だった。

「御不安はございませぬ。お風邪よりすっかり本復なされ、時には畑に出られるなど御元気でいらっしゃいます」

四十半ばくらいの尼僧――春陽尼――が笑顔で答えた。

「それは何より。蓮祥尼、疾風を預かって下され」

「はい」

若い方の尼僧が疾風に近寄り、頬を二、三度撫でてやってから手綱を政宗より受け取った。

「朝の膳は、もうお済みでございますか」

春陽尼に聞かれて「まだです。夢双禅師様から、こちらで戴きなされ、と言われたものでな」と、政宗は笑みを返した。

「それは宜しゅうございました。華泉門院様もそのお積もりで、政宗様の訪れを待っていらっしゃいます。では急ぎ、お膳の用意を整えましょう」

「世話をかけてすみませぬな」

「何を申されまする。私（わたくし）は十七、八の頃より千秋様と御一緒に政宗様のお世話をして参ったのでございますよ。ご遠慮なされまするな。さ、華泉門院様がお待ちです。どうぞ……」

政宗は頷いて春陽尼に大小二刀を預けると山門を潜り、左へ折れた。

山門の扉は再び閉ざされ、春陽尼と疾風の手綱を預かった蓮祥尼は政宗とは逆、右手の方へと消えていった。

想繼院には、本堂も宝物殿も多重の塔もなかった。在（あ）るのは山門の右手と左手から奥に向かって伸びる白壁黒柱（くろばしら）の荘厳かつ長大な二棟の建造物だけだった。

これが尼僧房と呼ばれている、尼僧達の修行道場であり、同時に棲ま居でもあった。尼僧の数は昨年までは五十数名であったが、現在では七十五名を数える。宗派を超えた尼僧の修行道場として、その名は京の内外へ静かに広がりつつあった。

政宗は庭内の小道を進み、実が鈴なりの柿の木二本の下で足を止めた。

目の前の日当たりの良い座敷。

その秋の日差しの中に端座する華泉門院が、わが生みし子政宗と顔を合わせ、小さく頷いて微笑んだ。雪山旧居の千秋に、よく似ていた。

政宗は一礼し、広縁に近付いていった。

「お元気そうで安堵いたしました」

「風邪では、そなたにすっかり心配をかけてしまいました。今は、この通り元気じゃ。畑仕事などにも精を出しておる」

「何よりでございます」

政宗は答えつつ広縁に上がると、正座をして改めて丁重に頭を下げた。

「さ、もっと近う」

「はい」

政宗は明るい座敷の中へ体を移し、華泉門院と向き合った。こうして会うたび、つくづくと感じるのだった。雪山旧居の母千秋と、その目映いばかりの美しさが余りにも似ている、と。そして、いかに姉妹とは申せ、命のつながりとは誠不思議なものじゃ、と思いもした。

「頬のあたりも、少しふっくらとなられましたな」

「この山では色色な果物や野菜など、滋養のあるものが沢山採れるので助かっておる。尼僧達が様様な薬草の性質などをよく調べて栽培にも精を出し始めたので、来年あたりにはある程度の備えが出来ましょう」

「このように高い山でも、薬草は育ちましょうか」

「高山には高山に似合うたものが、低い山や谷にはそれに似合うたものが、必ず育つものじゃ。自然とは有難いものぞ。大地も山や川や海も大切にせねばならぬ。幼き頃のそなたは、この奥鞍馬を鹿の如く元気に跳び回っておったが、喉がかわけば様様な山の実を口にして潤したであろう。自然は人の命を支えてくれておるのじゃ。病に負けぬ強い体力を整えるには、本当は時に肉などを食さねばならぬようじゃが、仏の道へ入った私の立場では、それはなりませぬ。鶏の卵さえも控えておる。せいぜい白身の魚の干物じゃ」

「自然が大事は、ようく心得ておりまするが、確かに、時には肉なども食さねばなりませぬなあ。京の町では、力仕事に就いている町の衆などは、魚の他に鶏や猪、熊の肉などをよく食して体力をつけているようです」

「まさか、そなたも食しているのではありますまいな」と、華泉門院の切れ長な涼しい二重の目が、少し厳しくなった。が、口元はひっそりと微笑んでいる。

「私は此処で育っていた頃と同様、魚や鶏の卵のほかは肉らしきものは口に致しませぬ。あ、けれども千秋の母が私の体力を気にかけて、時に滅法おいしい鍋をつくって下さる事がありますが、ひょっとすると……」

「目立たぬよう細かく刻まれた肉が入っているやも知れぬ、と？」

「は、はあ……いや、あれは矢張り野菜の旨味ですかなあ」

「ほほほっ。ま、宜しかろう。そなたの事は、千秋に預けたのじゃからのう」

「すみませぬ。妙なことを口に致してしまいました。お許し下さい」

「なんの。千秋ならば、そなたの体力、気力のことを常日頃充分に気にかけてくれていよう。さり気ない母の慈愛でな」

「これからは鍋の中に何が入っているのか、箸の先でようく掻き分けて調べてみまするよ」

「これこれ、そのような見苦しき作法を躾厳しき母千秋の前で見せてはなりませぬ」

華泉門院はそう言うと、また「ほほほっ」と美しく笑った。

「ところで、朝の膳は、もう御済みかえ」

「いいえ。華泉門院様と御一緒させて戴きたいと思うて参ったのですが」

「それは丁度よい。誰かに言い付けて参りましょう」

「あ、いや。山門に出迎えて下されました春陽尼に厚かましく御願い致しましたゆえ」

「おお。左様であったか」

華泉門院が目を細めて頷いたところへ、若い尼僧二人が「御免くださりませ」と朝の膳を運んできた。

政宗にとっては、実に久し振りに生みの母華泉門院と摂る食事であった。

政宗は華泉門院に対し、難しい話をすることを避けた。続続と芳妙寺へ参集する荒法師達のこと、住居が紅葉屋敷から雪山旧居へ変わったこと、間もなく江戸に向けて旅立つこと、など一言も口には出さなかった。

華泉門院も、重苦しい話題を持ち出すことは、避けているようだった。

二人の間で交わされるのは、花鳥風月であった。あるいは和歌の話であった。

なごやかに、朝の膳の対話が過ぎていく。

箸と椀を膳の上に戻した政宗が、「ところで華泉門院様……」と表情を改め姿勢を正した。

華泉門院も「はい？」と、表情を美しく整える。

「つい先日のことでありますが、何となく法皇様の御尊顔を拝したくなり、仙洞御所をぶらりと訪ねて参りました」

「おお。法皇様に会うてこられたか」

華泉門院が表情を、ほころばせた。

「皓皓たる月の光を浴びながら二人で御酒を楽しみました」

「それはよい事をなされた。法皇様は大層お喜びなされたであろう」

「はい。上機嫌であられました」

「そう言えば法皇様は御若い頃より梅干を一つ二つ肴に、御酒を楽しむのが好きでありましたなあ」

「その梅干を肴に、御酒を差しつ差されつ致しました」

「なんとまあ。そなたが訪ねて見えた事が、余程に嬉しかったのでしょうなあ。余程のお相手であっても、決して秘蔵の梅干は御出しにはなりませぬゆえ」

「へええ。そうでしたか。そういえば殊の外おいしい梅干でございました」

「親孝行をなさいましたなあ。この華泉門院も嬉しく思います」

「法皇様が気持よくお酔いなされて寝所へ退がられた後、いささか驚かされし事が生じました」

「なに、驚かされし事とな」

「はい。法皇様と入れ替わるようにして突然、大宮様が私の前に姿をお見せになられたのでございます」

「なんと。東福門院　源　和子様とお会いしたと申すか」

政宗は、東福門院と会ってから辞する迄の出来事について、詳しく打ち明けた。

「そなたの御所の母になりたいとは、これはまた思いがけないお言葉じゃのう」

「余りに真剣なお申し出でありましたので、私としては、お受けせざるを得ませんでした。何やら妙にお淋しい御様子でもありましたので」

「お受けしたことは、正しかったと申せましょう。それで宜しいのじゃ。但し、そなたは、この華泉門院が世に送りし子であり、千秋が育てし子であることを忘れてはなりませぬぞ」

「勿論のこと、私は華泉門院様の一粒種であり、母千秋に育まれし子でありまする。この二人の母への感謝は、片時も忘れたことはありませぬ」

「左様か。けれども御所にて東福門院様にお会いせし時は、子として優しく接してあげなされ。十三の年に江戸を離れ、遠く京の都で数十年の年月を過ごして参られた東福門院様の言葉にならぬ淋しさ。この華泉門院には何となく判るような気がします」

「武家社会の犠牲に、いや、朝幕関係の犠牲になって参られた、と申しても宜しいのかもしれませぬなあ」

「そうとも言えましょう。自ら求めた女の幸せの形では、決してなかった筈」

「ええ」と政宗は頷き、華泉門院は続けた。

「東福門院様は、二代将軍徳川秀忠様の女和子様としての役割を果たさんと、ひたすら自分を抑え、朝幕双方のために耐えて参られたのじゃ。この華泉門院の自由気儘な性格に比べれば、実に辛棒強い御性格でいらっしゃる。お気の毒と言えば、お気の毒じゃ」

「東福門院様の……いや、徳川和子様の入内は確か、平清盛様の女徳子様の高倉天皇への入内以来ではなかったかと思いますが」

「そなたの申す通りじゃ。徳子様以来の武家政権の女の入内でした」

「徳子様が安徳天皇をお産みになられたように、和子様もまた明正天皇を……」

奈良時代の孝謙天皇以来、八百五十九年ぶりの女帝を……お産みになりました」

「法皇様……そなたの父、後水尾天皇の突然の譲位による、幕府に相談なしの女帝誕生の決断は、天皇家の幕府に対する強い怒りの表れでもありました」

「はい。しかし無視された幕府も怒らせてしまいました」

「けれどもそれにより……明正女帝の誕生により、将軍徳川家は天皇の外戚という大きな地位を得ることに成功したではありませぬか」

「それに致しましても、下居の帝の幕府に対する反骨の気概は、どうやら今以て衰えてはおらぬようです」

「そうでありましょうなあ。徳川和子様が入内する際、幕府より旗本侍が付けられ、これが付武家として禁裏御所を直接取り締まる契機となりましたゆえ」

「はい」

「法皇様の幕府に対する反発の精神は、その付武家の存在によって生じたとも言えましょう。誇り高い法皇様であられますからのう」

「仰せの通りかと」

「それにしても、そなた。皓皓たる月明りの降り注ぐ夜とは申せ、よくぞ仙洞御所の門を潜る御許しを得られたものじゃ」

「仙洞付与力同心に〝待った〟を掛けられましてございます」

「そうであろう。仙洞付与力同心と申すのは、仙洞付旗本の配下であったのう」

「はい。ですが大納言六条様に助けられました」

「なんと、そのような刻限に、六条広之春が、そなたの身そばに現われたと申すのか」

「毎日ご多忙であられ、御所からのご帰宅は夜遅くになることが多い様子でございました」

「朝廷の公事、有職、儀式などを担う議政官は大変じゃなあ。堂上公家は幕府からたいした禄を貰うてはおらぬのに、禁裏小番のように昼も夜も働き詰めで気の毒でならぬ」

「一番高禄は九条家で確か二千石余でしたな。二番手、三番手の近衛家、二条家でも千七百石程ではなかったかと思いまする」

「六条広之春は赤子の頃のそなたを、よう可愛がっておった。広之春は頭も良いし意思も強く勇気もあって、侍など全く恐れぬ公家じゃった」

「そう言えば、仙洞付与力同心と私の間に入った大納言六条様は、毅然となさっておられ、柔らかくではありますが侍達を圧倒して御出でした」

「若い頃より、いつもそうでありました。剣の腕もかなりのものでのう。けれども大根と猫が大層なほど苦手でありましてなあ」

「なんと申されます。大根と猫が苦手と……」

「ほほほっ。六条広之春が可哀そうじゃ。聞かなかった事にしてくりゃれ」

「は、はあ……では、聞かなかった事に」

と、政宗も苦笑した。

生みの母と子の会話は、なごやかに、しっくりと、そして内容豊かに弾んでいった。


（下巻につづく）

■「門田泰明時代劇場」刊行リスト■

ひぐらし武士道
『大江戸剣花帳』（上・下）
徳間文庫　平成十六年十月
光文社文庫　平成二十四年十一月
新装版　徳間文庫　令和二年一月

ぜえろく武士道覚書
『斬りて候』（上・下）
光文社文庫　平成十七年十二月
徳間文庫　令和二年十一月

ぜえろく武士道覚書
『一閃なり』（上）
光文社文庫　平成十九年五月

ぜえろく武士道覚書
『一閃なり』（下）
光文社文庫　平成二十年五月
徳間文庫　令和三年五月
（上・下二巻を上・中・下三巻に再編集して刊行）

浮世絵宗次日月抄
『命賭け候』
徳間書店　平成二十年二月
徳間文庫　平成二十一年三月
祥伝社文庫　平成二十七年十一月
（加筆修正等を施し、特別書下ろし作品を収録して『特別改訂版』として刊行）

ぜえろく武士道覚書
『討ちて候』（上・下）
祥伝社文庫　平成二十二年五月

浮世絵宗次日月抄
『冗談じゃねえや』　徳間文庫　平成二十二年十一月
光文社文庫　平成二十六年十二月
（加筆修正等を施し、特別書下ろし作品を収録して『特別改訂版』として刊行）

浮世絵宗次日月抄
『任せなせえ』　光文社文庫　平成二十三年六月

浮世絵宗次日月抄
『秘剣 双ツ竜』　祥伝社文庫　平成二十四年四月

浮世絵宗次日月抄
『奥傳 夢千鳥』　光文社文庫　平成二十四年六月

浮世絵宗次日月抄
『半斬ノ蝶』（上）　祥伝社文庫　平成二十五年三月

浮世絵宗次日月抄
『半斬ノ蝶』（下）　祥伝社文庫　平成二十五年十月

浮世絵宗次日月抄
『夢剣 霞ざくら』　光文社文庫　平成二十五年九月

拵屋銀次郎半畳記
『無外流 雷がえし』（上）　徳間文庫　平成二十五年十一月

拵屋銀次郎半畳記
『無外流 雷がえし』（下）　徳間文庫　平成二十六年三月

浮世絵宗次日月抄
『汝 薫るが如し』　光文社文庫（特別書下ろし作品を収録）　平成二十六年十二月

浮世絵宗次日月抄
『皇帝の剣』（上・下）　祥伝社文庫（特別書下ろし作品を収録）　平成二十七年十一月

拵屋銀次郎半畳記
『俠客』（一）　徳間文庫　平成二十九年一月

浮世絵宗次日月抄
『天華の剣』（上・下）　光文社文庫　平成二十九年二月

拵屋銀次郎半畳記
『俠客』（二）　徳間文庫　平成二十九年六月

拵屋銀次郎半畳記
『俠客』（三）　徳間文庫　平成三十年一月

浮世絵宗次日月抄
『汝よさらば』（一）　祥伝社文庫　平成三十年三月

拵屋銀次郎半畳記
『俠客』（四）　徳間文庫　平成三十年八月

浮世絵宗次日月抄
『汝よさらば』（一）　祥伝社文庫　平成三十一年三月

拵屋銀次郎半畳記
『俠客』（五）　徳間文庫　令和元年五月

浮世絵宗次日月抄
『汝よさらば』（三）　祥伝社文庫　令和元年十月

『黄昏坂（たそがれざか）　七人斬り（ななにんぎ）』　徳間文庫　令和二年五月
（特別書下ろし作品を収録）

拵屋銀次郎半畳記
『汝（きみ）　想（おも）いて斬（ざん）』（一）　徳間文庫　令和二年七月

浮世絵宗次日月抄
『汝よさらば』（四）　祥伝社文庫　令和二年九月

拵屋銀次郎半畳記
『汝（きみ）　想（おも）いて斬（ざん）』（二）　徳間文庫　令和三年三月

この作品は光文社より二〇〇七年五月に刊行された上巻と二〇〇八年五月に刊行された下巻を加筆修正し、上中下三巻に再編集したものです。

徳間文庫

ぜえろく武士道覚書

一閃(いっせん)なり㊥

2021年5月15日 初刷

著者 門田泰明(かどたやすあき)

発行者 小宮英行

発行所 株式会社徳間書店

東京都品川区上大崎三—一—一 〒141—8202
目黒セントラルスクエア

電話 編集〇三(五四〇三)四三四九
販売〇四九(二九三)五五二一

振替 〇〇一四〇—〇—四四三九二

印刷 大日本印刷株式会社
製本

ISBN978-4-19-894644-9 (乱丁、落丁本はお取りかえいたします)

門田泰明
拵屋銀次郎半畳記
俠客
五
徳間文庫

徳間文庫の好評既刊

門田泰明
拵屋銀次郎半畳記
汝想いて斬 一

宿敵・床滑七四郎との凄絶な死闘で負った瀕死の深手が癒え、江戸帰還を目指す銀次郎。途次、大坂暴動の黒幕・幕翁が立て籠もる湖東城に、黒書院直属監察官として単独乗り込んだ！　一方江戸では、首席目付らが白装束に金色の襷掛けの集団に襲われ落命。その凶刃は、将軍家兵法指南役の柳生俊方にも迫った！　壮烈にして優艶、娯楽文学の王道を疾走る興奮の大河劇場、『第二期』遂に開幕！